LES

TROIS HOMMES

NOIRS

PAR

LUC-CHARDALL

auteur de

LA FERME AUX LOUPS

II

PARIS

L. DE POTTER, LIBRAIRE-ÉDITEUR

RUE FONTAINE-MOLIÈRE, 27

LES TROIS HOMMES NOIRS

NOUVEAUTÉS EN LECTURE
DANS TOUS LES CABINETS LITTÉRAIRES.

Crochetout le Corsaire, roman maritime par E. CAPENDU, 6 vol. in-8.
Un crime mystérieux, par la Comtesse BASH, 3 vol. in-8.
Les Bateleurs de Paris, par Clémence ROBERT, 3 vol. in-8.
L'Oiseau du Désert, par Elie BERTHET, 5 vol. in 8.
Ecoliers et Bandits, par EDOUARD DEVICQUE, 4 vol. in-8
Les trois Hommes noirs, par Luc-CHARDALL, 4 vol. in-8.
La Famille de Marsal, par Alexandre de LAVERGNE, 7 vol. in-8.
Les Compagnons de la Torche, par X. DE MONTÉPIN, 6 vol. in-8.
Le Chevalier de la Renaudie, par EDOUARD DEVICQUE. 5 vol. in-8.
Les Démons de la Mer, par HENRY DE KOCK, 6 vol. in-8.
La Belle Antonia, par PONSON DU TERRAIL, 3 vol. in-8.
Alain de Tinteniac, par THÉODORE ANNE, 3 vol. in-8.
Le Gentilhomme Verrier, par ELIE BERTHET, 6 vol. in-8.
La Filleule d'Arlequin, par MAXIMILIEN PERRIN, 2 vol. in-8.
Noélie, par EUGÈNE SCRIBE, 4 vol. in-8.
Les Chevaliers du clair de lune, par PONSON DU TERRAIL, 7 vol.
Amaury le Vengeur, par PONSON DU TERRAIL, 7 vol. in-8.
L'Homme rouge, par Ernest CAPENDU, 5 vol. in-8.
L'Ame et l'ombre d'un Navire, par G. de LA LANDELLE, 5 v.
La Sorcière du roi, par la comtesse DASH. 5 vol. in-8.
Les Sabotiers de la Forêt noire, par E. GONZALÈS. 3 vol. in-8.
Le Nain du Diable, par la comtesse DASH. 4 vol. in-8.
Le Ménage Lambert, par A. de GONDRECOURT. 2 vol. in-8.
Fleurette la Bouquetière, par EUGÈNE SCRIBE, 6 vol. in-8.
Le Parc aux Biches, par XAVIER DE MONTÉPIN. 7 vol. in-8.
La Maîtresse du Proscrit, par Emmanuel GONZALÈS. 4 vol. in-8.
Les Etudiants de Heidelberg, histoire du siècle de Louis XIV,
    par le vicomte PONSON DU TERRAIL. 7 vol. in-8.
Les Mystères de la Conscience, par ETIENNE ENAULT. 4 vol. in-8.
Les Gandins, par le vicomte PONSON DU TERRAIL. 6 vol. in-8.
L'Homme des Bois, par ELIE BERTHET. 6 vol. in-8.
Les trois Fiancées, par Emmanuel GONZALÈS. 3 vol. in-8.
Un Amour maudit, par XAVIER DE MONTÉPIN, 2 vol. in-8.
La Tigresse des Flandres, par CONSTANT GUÉROULT. 3 vol. in-8.
Le Douanier de mer, par ELIE BERTHET, 5 vol. in-8.
Fleur des Grisettes, par MAXIMILIEN PERRIN. 2 vol. in-8.
Morte et Vivante, par Henry de KOCK. 3 vol. in-8.
Daniel le laboureur, par Clémence ROBERT. 4 vol. in-8.
Les grands danseurs du roi, par Ch. RABOU. 3 vol. in-8.
Le Pays des Amours, par Maximilien PERRIN. 3 vol. in-8.
La jeunesse du roi Henri, par PONSON DU TERRAIL. 6 vol. in-8.
L'Amour au bivouac, par A. DE GONDRECOURT. 5 vol. in-8.
Les Princes de Maquenoise, par H. de SAINT-GEORGES. 6 v. in-8.
Le Cordonnier de la rue de la Lune, par Th. ANNE. 4 v. in-8.
La Belle aux yeux d'or, par la comtesse DASH. 3 vol. in-8.
Le Roi des gueux, par Paul FÉVAL. 6 vol. in-8.
Une Femme à trois visages, par Ch. Paul de KOCK. 6 vol. in-8.
Comment on aime, par ETIENNE ENAULT. 3 vol. in-8.
La Haine d'une Femme, par HENRY DE KOCK. 3 vol. in-8.
Les Chevaliers du Temple, par ALFRED DE VILLENEUVE. 3 v. in-8
Les Coureurs d'Amourettes, par Maximilien PERRIN. 3 v. in-8.

Pour la suite des Nouveautés, demander le Catalogue général qui se distribue gratis.

LES
TROIS HOMMES
NOIRS

PAR

LUC-CHARDALL

auteur de

LA FERME AUX LOUPS

II

PARIS

L. DE POTTER, LIBRAIRE-ÉDITEUR

RUE FONTAINE-MOLIÈRE, 27

1863

LES

MARIONNETTES DU DIABLE

PAR

XAVIER DE MONTÉPIN

Annoncer un nouveau roman de l'auteur des *Viveurs de Paris*, des *Viveurs de Province*, et de la *Maison Rose*, c'est annoncer un nouveau succès. — L'immense popularité du jeune et brillant écrivain grandit chaque jour et son nom prend place désormais à côté de ceux de Balzac, de Soulié, de Sand et de Dumas.

Les *Marionnettes du Diable*, nous le croyons fermement, dépasseront la vogue méritée de tous les autres livres du même auteur. — Jamais en effet l'imagination puissante et dramatique qui a créé tant de types étranges et de situations émouvantes, n'a plus solidement tissu la trame vigoureuse d'un roman saisissant, passionné, bizarre, où des aventures d'une incroyable originalité se succèdent et s'enchaînent de façon à tenir le lecteur haletant de curiosité et d'émotion depuis la première page jusqu'à la dernière. — L'intérêt poussé jusqu'à ses plus extrêmes limites, ne languit pas un instant, et, par un heureux mélange, le rire se mêle aux larmes et la gaîté à la terreur.

Malgré son titre, le roman les *Marionnettes du Diable*, n'est pas fantastique. — Le prologue seul se passe dans le royaume de Satan. — Les marionnettes sont des hommes, et les ficelles à l'aide desquelles le Diable les fait mouvoir à sa guise, on le devine, ce sont les passions. — Avec une telle donnée le romancier devait faire un chef-d'œuvre. — Les lecteurs jugeront bien qu'il n'a point faibli à cette tâche.

LES ÉMIGRANTS

PAR

ÉLIE BERTHET

Parmi les romanciers les plus estimés de notre époque, M. Elie Berthet a su conquérir une place à part. Ses ouvrages, pleins de naturel, de vérité, de bon sens, paraissent être plutôt des histoires que des romans. Il ne donne pas dans le travers de certains autres écrivains en vogue, qui, à force de complications, d'événements bizarres et impossibles, arrivent à produire des œuvres aussi obscures, aussi peu intelligibles que déraisonnables. Sa manière est celle du grand romancier anglais Walter Scott, auquel on l'a comparé plusieurs fois; et, comme Walter Scott, tous ses ouvrages sont frappés au coin d'une moralité rigoureuse. Sans écarter les passions violentes, les fautes, les crimes qui existent dans la société humaine, et qui sont un des éléments de l'intérêt dramatique, il ne manque jamais de les blâmer et de les flétrir. Aussi l'appelle-t-on le *romancier des familles*, et, en effet, tout le monde peut lire ses ouvrages, sans crainte de souiller l'imagination, d'altérer son sens moral ou de s'endurcir le cœur.

Ces qualités de M. Elie Berthet sont surtout apparentes dans le beau roman *les Émigrants*, que nous publions aujourd'hui. L'histoire est si simple, si vraie, si touchante, qu'elle semble réelle, et l'on croirait que le romancier a reçu les confidences de quelqu'unes de ces pauvres familles qui abandonnent leur sol natal pour aller chercher au loin une vie plus douce et plus prospère. Les causes ordinaires de l'émigration, les fatigues et les dangers auxquels s'exposent les émigrants, leurs illusions naïves, leurs mécomptes, et souvent les catastrophes auxquelles ils succombent, sont exposés avec une grande puissance et avec le plus vif intérêt. Aussi ne doutons-nous pas que le nouvel ouvrage de l'auteur des *Catacombes de Paris*, des *Chauffeurs*, du *Garde-Chasse* et de tant d'autres romans qui ont mérité la faveur du public, n'obtienne en librairie un immense succès.

Wassy. — Imprimerie de MOUGIN-DALLEMAGNE.

CHAPITRE DIXIÈME

11

X

La demande en mariage du neveu Jérémie.

Abraham trouva des larmes, à la pensée de ce qu'un mari pour Sarah pouvait lui enlever, et feignant d'essuyer le coin de ses yeux éraillés :

— Voudrais-tu donc abandonner ton vieil oncle, petite, dit-il, celui qui t'a nourrie, qui a partagé avec toi son pauvre morceau de pain, et cela par pure humanité, par grande affection, Sarah? le Dieu d'Isaac sait que je ne puis avoir que dans l'autre monde la récompense de ce que j'ai fait.

— Je vous crois, mon oncle, repartit froidement la jeune fille, qui ne put réprimer un geste de dégoût en entendant ces paroles dont elle connaissait toute l'hypocrisie, je crois qu'aucun motif d'intérêt caché n'a déterminé votre conduite à mon égard, car il n'a jamais pu venir à ma pensée que vous veuilliez, lorsque ma majorité sera arrivée, garder à mon détriment la somme qui me revient de ma tante Léah.

Ce second coup était plus rude à supporter que le premier. Le vieux juif y succomba un instant et se laissa tomber sur le coin d'une chaise, à demi suffoqué de stupeur et de colère.

— Elle le sait! Elle sait tout! s'écria-t-il, sans s'apercevoir du démenti que le sens de ses paroles donnait à son intention apparente de ne rien s'approprier du patrimoine de la jeune fille. Comment l'as-tu appris? Qui te l'a dit? hurla-t-il en saisissant et en tordant dans ses mains osseuses les mains délicates de Sarah.

Elle retint un cri d'angoisse et essaya de retirer ses mains meurtries.

— Vous me faites mal, dit-elle.

Il la repoussa avec violence.

— C'est vrai, fit-il sourdement, ce n'est

pas toi que je veux tuer ; c'est celui qui m'a

vendu. Dis-moi son nom.

— Personne ne vous a vendu, personne

ne m'a rien dit. J'ai tout deviné. Je l'ai de-

viné au son de votre voix, à votre manière

de me parler, à vos façons d'agir avec moi

depuis que ma tante Léah est morte ; je

l'ai deviné surtout à la nature de la dé-

marche qui a été faite ce soir près de moi.

Si celui qui m'a demandé de devenir sa

femme, ne me savait pas riche, il ne m'au-

rait pas demandée.

— Son nom ? cria le juif ; son nom ?

Sarah hésita un instant devant la fureur
effrayante qui contractait les traits sordides
d'Abraham.

— J'aurais voulu vous le laisser ignorer,
dit-elle enfin, mais il faut absolument que
vous le sachiez, puisque c'est le seul moyen
que je puisse employer pour éviter le sort
dont il me menace. Je vous dirai son nom
tout à l'heure, mon oncle. Auparavant, il
faut que je vous donne une assurance :
c'est que dès à présent et quoi qu'il arrive,

je vous fais abandon libre et complet de ce qui peut m'appartenir de ma tante Léah ou de tout autre, à la seule condition que, si je vous demande un jour votre consentement à mon mariage avec celui que je désignerai, je n'aurai de votre part aucune opposition à craindre.

Après la colère, la joie, une joie d'autant plus immodérée qu'elle était plus inattendue, possédait Abraham. Il frappait le sol de ses pieds, levait ses mains en l'air et interlignait chaque parole de sa nièce d'une

interjection d'enthousiasme.

— Brave fille! bonne fille! disait-il;

c'est la récompense due de tous mes sacri-

fices! Mon consentement à ce prix? Je

l'aurais donné de tout mon cœur sans cela!

Tu l'auras sans opposition. Jamais d'oppo-

sition de la part d'un bon oncle comme

moi!

— Merci, mon oncle, dit la jeune fille

toujours froide et digne. Je ne vous de-

mande maintenant qu'une seule grâce :

faites connaître à mon cousin Jérémie, aussitôt que vous le verrez, la détermination que j'ai prise de renoncer en votre faveur à la succession de ma tante.

— Jérémie ! s'écria le juif avec un cri de rage ; c'est lui ! lui, qui voulait t'épouser ! lui, qui t'a laissée deviner ce qu'il devait ignorer lui-même ! lui, qui veut me dépouiller après avoir pris parti contre moi pour mes frères Job et Moïse dont il se fait le défenseur ! Sois tranquille, Sarah, ajouta-t-il avec un geste terrible, celui-là ne te tourmentera plus longtemps. Je lui devais déjà beaucoup; à présent, je lui dois trop, il faut que je le paye. Le brigand ne périra que de ma main.

— Ne dites pas cela, mon oncle, s'écria Sarah qui n'avait pu voir le geste du vieillard, mais qui n'avait pu se tromper à l'expression de sa voix et à ses paroles, ne faites pas de mal surtout! Mon cousin Jérémie ne veut que de l'argent. De ce côté, ôtez-lui tout espoir et il se retirera de lui-même.

— Merci, ma belle cousine, dit tout à

coup derrière la jeune juive une voix rail-

leuse, merci de la façon charmante dont

vous essayez de prendre ma défense, mais,

je vous rends grâces, je me défendrai par-

faitement tout seul.

— Jérémie ! s'écria le vieux juif en s'é-

lançant de son siége.

— En personne, mon oncle, dit le jeune

homme, ne vous dérangez pas. Je vous

connais et je suis sur mes gardes. Si vous

faites contre moi la moindre tentative, je vous casse la tête.

Il présenta à la face du vieillard le canon d'un pistolet.

Abraham retomba sans mot dire sur sa chaise.

— A la bonne heure, continua Jérémie ; vous voilà calme, nous allons pouvoir causer. Ne vous retirez pas encore, Sarah, ajouta-t-il en retenant la jeune fille qui avait fait un mouvement en arrière, il va être question de vous, et d'après le peu que j'ai entendu de votre conversation avec notre oncle, comme je vois que je puis devant vous deux jouer cartes sur table, il est bon que vous entendiez ce que j'ai à dire à votre sujet.

Et comme Abraham, fasciné par la vue de l'arme que Jérémie tenait toujours braquée sur lui, n'avait pas fait un mouvement, comme Sarah, stupéfaite et effrayée de l'audace et de l'assurance du misérable, n'avait pas prononcé une parole :

— Mon cher oncle Abraham, reprit-il, en

votre qualité de tuteur de ma cousine Sarah, je viens vous demander de me la donner pour femme.

— Jamais ! répondirent d'une seule voix
Abraham et Sarah.

— Touchante unanimité ! fit Jérémie
riant. A vous, ma chère Sarah, dit-il à la
jeune fille, je répondrai simplement que
votre consentement, en apparence le plus
nécessaire, m'est parfaitement superflu.
J'ai, pour l'obtenir, un moyen que vous
connaîtrez quand il en sera temps et qui ne

me laisse à cet égard aucun doute, aucune

inquiétude. Vous serez ma femme dès que

je le voudrai, et de votre plein gré.

— Misérable ! s'écria Sarah indignée ;

plutôt cent fois mourir.

Jérémie haussa les épaules et, sans dai-

gner répondre à cette insulte, se tourna

vers le juif.

— Quant à vous, mon oncle, dit-il, lors-

que je vous aurai murmuré quelques mots

à l'oreille, vous serez le premier à me prier,

à me supplier de me taire, et je ne me tai-

rai que si vous consentez à toutes mes volontés. Voulez-vous, oui ou non, m'accorder
la main de Sarah, et par suite, me donner
tous ses droits sur les cent mille florins que
lui a laissés sa tante Léah?

— Non! mille fois non! répondit Abraham arrivé au paroxisme de la rage, j'ai-
merais mieux que tous les feux du ciel me
réduisissent en poudre.

— Alors, cher oncle, permettez-moi une
question. Que penseriez-vous d'une révélation qu'un garçon bien informé irait faire

demain à la justice de ce qui s'est passé

pendant la nuit du 13 novemhre 1793 ?

Abraham bondit sur ses jambes grêles

comme un tigre touché en pleine poitrine

par la balle d'un chasseur ; ses yeux injec-

tés de sang jetèrent deux éclairs sinistres,

mais son premier mouvement de fureur

folle s'évanouit devant le regard froidement

menaçant de son neveu et la terreur, une

terreur profonde, prit aussitôt la place de la

colère.

— Lui aussi il sait tout ! murmura-t-il ; tout le monde le sait !

— Non pas tout le monde, répliqua Jérémie riant. Si tout le monde connaissait ce secret, il n'aurait plus de valeur pour personne. Deux hommes seuls le savent ; un autre et moi. Lui comme moi n'ignorons aucun détail de ce qui s'est fait dans le cours de cette nuit fatale qui vit répandre tant de sang.

Abraham se taisait et, la tête basse tremblait de tous ses membres.

Jérémie riait en lui-même; il riait de joie en voyant si heureusement réussir le plan qu'il s'était tracé, il riait de pitié de la crédulité du vieux juif frissonnant de peur devant lui qui ne savait en réalité rien autre chose qu'une date.

Sarah terrifiée écoutait sans comprendre, mais en devinant sous les paroles ambiguës qui se disaient quelque horrible et ténébreuse histoire.

— Eh bien, cher oncle, reprit Jérémie après un instant passé à jouir délicieusement de son triomphe, consentez-vous à présent à me donner Sarah pour femme?

— Oui, répondit sourdement le juif.

— Y compris ses cent mille florins ?

— Tout, prends tout! je consens à tout !

Sarah jeta un cri d'épouvante et de déses-poir.

— Que dites-vous, mon oncle ? s'écria-t-elle :

— Tais-toi, il le faut, dit le juif.

— Jamais! jamais! répéta-t-elle... O! mon Dieu! mon Dieu! qui te sauvera!

Elle prononça encore quelques paroles sans suite, puis, se sentant sans doute vaincue par la douleur, elle fit un effort pour gagner la porte, mais ses forces la trahirent et elle tomba lourdement évanouie sur le plancher.

Ni l'un ni l'autre des deux hommes ne s'émurent de cette chute, Jérémie seulement montra du doigt la jeune fille au vieux juif et lui dit :

— Faites-moi le plaisir, cher oncle, de prendre Sarah dans vos bras et de la monter dans sa chambre. Pendant ce qui nous reste à dire elle pourrait revenir à elle et entendre des choses qu'il est inutile qu'elle entende.

— Pourquoi ne la portes-tu pas toi-même ? demanda Abraham.

— Parce que, tandis que j'aurais les deux bras chargés de ce fardeau, il vous serait peut-être agréable de me tuer doucement par derrière. Moi qui n'ai aucun

intérêt à votre mort, vous n'avez pas semblable évènement à craindre; par conséquent, exécutez-vous. Je le veux, d'ailleurs.

Abraham ne répliqua rien. Il prit Sarah
évanouie dans ses bras et gravit, éclairé
par Jérémie, les marches d'un escalier roide
et disjoint qui conduisait à la chambre de
la jeune fille.

Quelques instants après, il était de retour
près de Jérémie qui lui disait :

— Maintenant, autre chose. Sur les cent

mille florins de Sarah, je vous en laisse

vingt mille et je me tais, mais il faut que

vous me mettiez au courant de vos relations

avec la maison Francklin et Cie de Stras-

bourg, d'une part, et les agents de la police

française, de l'autre. Je veux me fourrer

aussi un peu là-dedans, et il faut que je me

renseigne avant de me décider sur celui des

deux partis que je dois servir. Voyons,

cher oncle, que savez-vous, et des uns, et

des autres ?

Nous l'avons dit, Abraham n'essayait plus
de lutter. Il n'hésita pas longtemps et raconta à Jérémie tout ce qu'il connaissait
du soi-disant capitaine Roland et de ses
fausses manœuvres de contrebande, et tout
ce qu'il avait pu apprendre à ce sujet des
agents subalternes de Noireau.

Cette révélation, ainsi faite à Jérémie,
devait avoir sur la suite des évènements
auxquels se trouvent liés le capitaine Roland, que ses amis appelaient le général, et
les principaux acteurs de ce drame, des
conséquences fatales.

CHAPITRE ONZIÈME

XI

Prisonnier !

Revenons à Noireau que nous avons laissé dans une situation assez critique, au moment où l'homme rouge, venu si inopi-

nément au secours du comte de Rochefort, lui tenait un pistolet posé sur le front
et, cédant aux instances cruelles du comte,
s'apprêtait à lui brûler la cervelle, lorsqu'une intervention subite avait arrêté sa
main prête à presser la détente.

Cette intervention n'était autre que celle
de Marie de Rochefort qui s'écria en entrant dans le salon :

— Arrêtez, Marcel ! je vous en prie, ne
tuez pas cet homme.

— Marcel ! répéta le comte étonné ; le

professeur de ma fille sous ce costume, le costume de général !

— Sans lui, mon père, nous étions tous perdus ! dit Marie avec feu. M. Marcel passait par hasard sur la route, ajouta-t-elle, non sans un certain embarras ; il entendit mes cris, car j'étais prisonnière d'un de ces hommes, avec Pelao, et une fois ma première frayeur passée, j'appelai de toute ma force au secours ; alors, à sa vue, cet homme se sauva lâchement et nous fûmes délivrés.

— Le brigand m'avait à moitié étranglé, grommela Pelao qui avait apparu derrière sa jeune maîtresse.

— C'est bien, dit le comte qui ne remarqua pas ou ne voulut pas remarquer en ce moment la singularité du hasard qui avait amené le jeune homme, à cette heure de nuit, sur la route et précisément devant sa maison, monsieur Marcel voudra bien alors nous continuer son aide pour nous rendre maître des deux misérables qui sont encore ici.

En disant cela, le comte se détourna et
chercha des yeux Séraphin qu'il avait laissé
occupé à fouiller dans le bahut de Boule.
Il ne vit plus Séraphin, mais il aperçut le
bahut ouvert et vide des papiers qu'il renfermait?

— Grand Dieu ! s'écria-t-il ; ces papiers !
le malheureux s'en est emparé ! Pelao !
monsieur ! dit-il à Marcel et au valet, cou-
rez à sa poursuite ! ces papiers, il me les
faut !

Un sourire narquois que Noireau, qui s'é-

tait relevé pendant cette explication, n'a-
vait pu réprimer, malgré le danger réel de
sa position, et que le comte surprit au passage, lui fit comprendre l'inutilité d'une
poursuite et tourna de nouveau toute sa
rage contre l'agent en chef.

— Celui-là au moins paiera pour tous !
cria-t-il. Tuez-le ! tuez-le ! dit-il pour la
seconde fois.

— Permettez, monsieur le comte, dit le
jeune homme qui prenait avant tout son
mot d'ordre dans les yeux de mademoiselle

de Rochefort et qui vit à l'expression de la

physionomie de la jeune fille toute l'hor-

reur que lui inspirerait un meurtre aussi

froidement commis, cet homme ne peut ni

fuir, ni résister. Il me semble qu'au lieu de

le tuer, il y a plus d'avantage à le faire

parler, à savoir de lui les motifs secrets qui

l'ont fait agir, enfin à se servir de son as-

cendant sur les hommes qui l'accompa-

gnaient pour essayer de rentrer en posses-

sion de ces papiers qui paraissent avoir

pour vous une si grande importance.

— Pour moi, pour bien d'autres, pour le
général surtout, répliqua le comte au comble de l'exaltation.

— Le général! Quel général? demanda
Marcel.

— Eh, parbleu! celui que vous servez
sans m'en avoir jamais parlé. Votre costume
seul me le prouve.

— Le capitaine alors, voulez-vous dire.

— Je sais qu'il se fait parfois appeler
ainsi, mais vous devez savoir aussi bien que
personne quel est son véritable titre. Enfin,

n'importe. Je vois maintenant que vous
êtes assez des nôtres pour tenir compte de
vos observations. Je pense donc que vous
avez raison et que nous devons nous servir
de cet homme resté en notre pouvoir pour
qu'il nous fasse rendre ce qu'il m'a fait dé-
rober. La vie, s'il accepte ; la mort, s'il
refuse.

Malgré son assurance et les ressources
inépuisables qu'il savait avoir en lui, Noireau se sentit frissonner au regard qui ac-
compagna ces paroles du comte. Il était

seul, abandonné des siens, aux mains d'un
homme qui devait être d'autant plus impla-
cable qu'il lui avait un moment laissé soup-
çonner sa faiblesse, qu'il s'était laissé un
moment marchander et qu'il avait maintenant, à le perdre, l'intérêt que tout complice
peut avoir à se débarrasser d'un complice
compromettant. Marcel, l'homme au manteau rouge, tandis qu'il le tenait renversé
en arrière, lui avait enlevé ses armes ; il
n'avait plus de moyens de défense à employer que ceux que pourraient lui fournir

son imagination et son astuce. La situation était des plus critiques.

— Laissez-nous, Marie, dit le comte à sa fille qui sortit aussitôt, suivie de Pelao, après avoir échangé avec Marcel un long regard de regret et d'amour.

Le comte saisit un des pistolets du jeune homme, et se tournant vers Noireau qui restait immobile et paraissait être devenu indifférent à ce qui se passait autour de lui.

— A présent, lui dit-il, tu vas parler,

consentir à tout ce que je vais te demander,
ou mourir.

— Je n'ai jamais fait difficulté de parler,
répondit Noireau, et je suis prêt encore à
vous répéter ce que je vous disais et que
vous sembliez tout disposé à entendre, lorsque le manteau rouge de monsieur est venu
nous déranger.

— Tais-toi, misérable ! s'écria le comte
qui pâlit à l'idée de voir Noireau dévoiler,
devant celui qu'il regardait comme un des
gardes du corps du capitaine Roland, les

velléités de trahison auxquelles il s'était un

instant senti prêt à succomber.

— Vous préférez que je me taise ? Soit,

dit effrontément Noireau, nous reprendrons

plus tard notre conversation au point où

nous l'avons laissée. Quant à présent, que

voulez-vous ? Vous devez comprendre, mon-

sieur le comte, ajouta Noireau avec un sou-

rire gracieux, que j'ai une somme d'intel-

ligence suffisante et que je ne suis pas encore

assez las de la vie pour refuser de vous sa-

tisfaire, si cela dépend de moi. J'ai joué une

partie, je l'ai perdue et je dois m'exécuter.

Que désirez-vous ?

— Les papiers qui m'ont été enlevés.

— Vous les aurez, repartit Noireau. Séraphin, pensa-t-il, ne doit pas avoir été assez
sot, me sachant dans cette position, pour
ne pas en prendre une copie. Au reste, je
me réserve de parer à cet oubli, s'il avait
été fait. Au prix de ces papiers, je serai libre ? demanda-t-il.

— Au prix de ces papiers, tu auras la
vie sauve, répondit le comte, mais tu ne

seras libre que plus tard, et encore à une condition.

— Laquelle ?

— Tu vas écrire sous ma dictée deux lettres : l'une à ton agent, pour qu'il me rapporte ce qu'il a dérobé, l'autre à celui qui t'a envoyé.

— Qu'avez-vous donc à lui dire ?

— Ecris, dit le comte.

— Voyons dit Noireau.

Il se mit au bureau du comte, prit une plume et du papier, et attendit.

On eût dit un secrétaire intime s'apprê-
tant à transcrire, sous la dictée, les impro-
visations de son patron.

« Monseigneur, dicta le comte de Roche-
« fort, j'ai fait dans les papiers du comte
« de Rochefort la perquisition la plus mi-
« nutieuse sans rien découvrir. Tout me
« porte à croire que les soupçons que vous
« avez conçus sont sans fondements.

« Je vous aurais porté moi-même ces
« nouvelles rassurantes, si un grave acci-
« dent qui m'est tout à coup survenu, ne

« me mettait, quant à présent, dans l'im-

« possibilité de me mettre en route.

— Signez, ordonna le comte.

Noireau, obéissant, traça au bas de cette

lettre sa plus belle écriture et son plus élé

gant paraphe.

— Voilà, dit-il. Je vous ferai seulement

remarquer, monsieur le comte, que cette

lettre vous sera parfaitement inutile, car

vous ne saurez la faire parvenir à sa desti-

nation.

— Vous croyez ? fit le comte raillant.

Vous vous trompez, mon cher. Un homme à moi partira demain pour Paris, se rendra rue de l'Université, n° 13, et demandera M. Philidor. On lui demandera la preuve. Il fendra trois fois l'air avec l'index de la main droite, et on fera parvenir à qui de de droit la lettre dont il sera porteur.

En dépit de tout son empire sur lui-même, Noireau ne put réprimer un geste de dépit.

— Il paraît, dit-il, que parmi nous aussi il y a des traîtres. J'y veillerai.

— Lorsque vous pourrez y veiller, il sera trop tard ; vous n'aurez la liberté de vos mouvements qu'après que la réponse à cette lettre nous aura prouvé qu'il ne vous est plus possible de nuire. Maintenant écrivez la seconde missive, celle destinée à votre agent, pour qu'il ait à rapporter les papiers qu'il a pris. Ecrivez-la dans les termes qu'il vous conviendra. Le résultat vous importe assez pour que vous fassiez de votre mieux à l'effet de le faire obéir promptement. Toutefois, dites bien à votre

agent que ce n'est pas ici qu'il devra rapporter ces papiers, mais bien à Ettenheim,
au château.

— Très-bien, fit Noireau, qui semblait
avoir philosophiquement pris son parti.

Et, sans se faire davantage prier, il écri-
vit à M. Séraphin, chez le sieur Abraham
Brœmmer, juif à la Jüdengasse, à Manheim,
un ordre impératif dans le sens que venait
de tracer le comte.

— Me sera-t-il permis, à présent, de

vous demander ce que vous comptez faire de moi ? dit-il.

— Vous allez être enfermé jusqu'à demain dans une des chambres de cette maison, répondit sèchement le comte. Demain vous serez mis dans une voiture et conduit à Ettenheim où vous resterez jusqu'à ce que nous ayons reçu une réponse satisfaisante aux deux lettres que vous venez d'écrire, à moins qu'une personne plus considérable que je ne le suis ne daigne décider autrement de votre sort. Puisqu'on

fait de l'arbitraire avec nous, je ne vois pas
pourquoi nous n'en ferions pas un peu
nous-mêmes.

— C'est de bonne guerre, observa tranquillement Noireau. D'ailleurs, ajouta-t-il,
je suis loin de me plaindre de votre déci-
sion. J'avais arrêté de me rendre bientôt à
Ettenheim et vous m'épargnerez, en m'y
conduisant, la fatigue du voyage. A quelque chose, malheur est bon.

Soit que Noireau jugeât que toute résis-
tance fût inutile, soit qu'il entrât dans ses

projets ultérieurs d'affecter la plus parfaite soumission, moins de cinq minutes après, il se trouvait, sans avoir fait la moindre difficulté de s'y laisser mener, enfermé sous de bons verrous, dans une chambre située au premier étage et dont l'unique fenêtre, barrée de forts barreaux de fer, était élevée de quinze ou vingt pieds au-dessus du fleuve, dont l'eau venait battre la muraille.

CHAPITRE DOUZIÈME

XII

L'évasion.

Noireau était donc bel et bien prisonnier.

Une fois que le comte et Marcel qui l'avaient amené se furent retirés, le laissant seul et sans lumière, une grande partie du stoïcisme de commande qu'il avait montré jusque-là disparut, et il s'appuya contre le mur dans une attitude pensive.

— Si je ne trouve pas le moyen de sortir de cette chambre et de cette maison avant demain matin, se dit-il, je suis un homme perdu.

Mais l'agent favori de Fouché était homme de sang-froid et de résolution. Il ne perdit pas de temps pour agir.

D'abord en montant l'escalier qui l'avait
conduit à cette chambre, il s'était facile-
ment orienté et il lui avait suffi d'un instant pour reconnaître qu'il se trouvait
placé précisément au-dessus du petit salon
où se tenait le comte et où, selon toutes
les probabilités, devaient se réunir à son
commandement les autres habitants de la
maison, sa fille, son valet et cet homme
rouge dont l'arrivée avait si inopinément
renversé tous ses plans.

A l'aide d'un couteau, il se mit aussitôt

à pratiquer, dans le plancher, sous une bri-
que qu'il enleva aisément, un trou suffisant, sinon pour tout voir, au moins pour
tout entendre ; et il venait à peine de terminer son œuvre, que la voix du comte,
parvenant distinctement jusqu'à lui, lui fit
reconnaître toute l'excellence de son
idée.

Couché à plat sur le plancher, il prêta
avidement l'oreille et voici ce qu'il entendit :

— Mademoiselle de Rochefort, disait le vieil émigré à sa fille, vous allez faire immédiatement vos préparatifs pour quitter cette maison. Nous partons dans une heure pour Ettenheim.

— Nous partons si vite, mon père? fit Marie étonnée.

— Oui, je n'ai pas un instant à perdre pour aller rendre compte à qui de droit de la capture que je viens de faire, et vous serez mieux à Ettenheim, près de madame la princesse de Rohan, votre marraine,

que dans cette maison isolée. Pelao, dit le
comte au vieux valet, attelez de suite et dès
que vous serez prêt, avertissez-moi.

Marcel, debout dans un coin du salon,
n'avait pris jusque-là aucune part à ce qui
s'était passé et était demeuré, nous l'avons
vu, spectateur presque passif de la scène
qui avait eu lieu entre le comte de Rochefort et Noireau. Bien des choses qui s'étaient
dites et faites durant cette soirée l'avaient
grandement surpris, et il cherchait à part
lui à démêler un semblant de vérité au mi-

lieu du chaos d'aventures où son désir d'être
riche l'avait si promptement jeté. Il se demandait surtout quel pouvait être le rôle
de ce capitaine Roland, que l'on appelait
ici le général, et qui, tout obscur contrebandier qu'il paraissait être, se trouvait
mêlé de très-près à ce conflit qui venait de
lui être révélé, entre un agent de la haute
police de France et des personnages aussi
considérables que le comte de Rochefort.
Mais lorsqu'il entendit l'émigré ordonner à
sa fille de se préparer à partir, toutes les

pensées diverses qui l'agitaient firent place

à une seule pensée pleine d'amertume et de

désespoir. Marie, partant pour Ettenheim,

lui était peut-être pour toujours enlevée.

Un instant de réflexion le rassura soudain.

Pourquoi ne partirait-il pas, lui aussi, pour

Ettenheim ? Le service éclatant qu'il ve-

nait de rendre au comte devait lui avoir

suffisamment gagné ses bonnes grâces, pour

qu'il ne refusât pas de le prendre pour com-

pagnon de route.

— Monsieur le comte, dit-il en hésitant
un peu, car il ne se dissimulait pas toute la
hardiesse de sa demande, monsieur le
comte me permettra sans doute de l'accompagner. Un voyage de nuit peut présenter
quelques dangers, et je serais heureux qu'il
me permit de les lui éviter. Il faut, du reste,
que je sois à Strasbourg dans trois ou quatre
jours ; c'est presque le chemin d'Ettenheim.

— Je vous remercie de votre bonne intention, jeune homme, répliqua le comte

avec un regard narquois qu'il promena de
sa fille à Marcel, mais j'ai disposé de vous
d'une autre manière, au nom du général.
J'ai pensé que personne mieux que vous,
qui connaissez toute l'importance de cette
capture, ne saurait garder notre prisonnier
et j'ai décidé que vous resteriez ici jusqu'à
demain. Demain un messager, que j'enver-
rai d'Ettenheim, viendra chercher cet
homme et alors vous serez libre.

— Permettez, monsieur le comte, répliqua le jeune homme avec humeur, je ne

reconnais à personne le droit de disposer de moi contre ma volonté.

— Personne, excepté le général, fit le comte finement.

Le jeune homme allait répondre, avec une vivacité parfaitement convenable, qu'il ne savait de qui on voulait parler, en parlant de ce général qu'il ne connaissait pas, mais un geste de Marie l'arrêta, et un simple mot qu'elle put lui glisser à l'oreille changea l'expression assez revêche de sa

physionomie, en une expression de sou-
mise obéissance.

— Par amour pour moi, obéissez, lui
souffla la jeune fille.

— J'obéirai, monsieur le comte, dit-il,
bien que je ne sache à qui vous faites allu-
sion lorsque vous désignez quelqu'un sous
cette qualification de général.

— Je croyais vous avoir déjà dit que le
général et celui que vous nommez le capitaine ne sont qu'une seule et même personne, et je croyais même que vous l'aviez

reconnu, répliqua l'émigré avec hauteur.

Il est bon d'être discret, mais une discrétion outrée, vis-à-vis d'un homme comme
moi qui suis, pour le moins, autant que
vous dans le secret de toutes nos affaires,
devient presqu'une offense. Puisque vous
êtes un des aides-de-camp du général, vous-
devriez savoir à qui vous parlez et prendre
garde à vos paroles. Au reste, s'il ne vous
suffit pas que je vous charge de la garde
du prisonnier au nom du général, je vous
dirai une chose que vous ignorez peut-être,

c'est que cet homme que le hazard a fait

tomber entre nos mains, peut à lui seul,

s'il redevient libre, renverser tout l'édifice

de nos projets, compromettre notre sûreté

à tous, et plus encore même, compromettre

la vie du général, le plus engagé parmi

nous.

— Je n'ai pas l'honneur de vous com-

prendre, monsieur le comte, dit Marcel sub-

jugué de nouveau par un second regard de

le jeune fille, mais il suffit, j'obéirai.

— A la bonne heure. Je crois, du reste,

vous en avoir assez dit. A la moindre tentative d'évasion, brûlez-lui la cervelle.

Pelao rentra, annonçant que tout était
prêt pour le départ.

Il y eut alors un instant de confusion,
pendant lequel Marcel et Marie trouvèrent
le temps d'échanger quelques paroles :

— J'en avais tant à vous dire, Marie,
murmura Marcel. De ce soir seulement,
j'ai l'espoir d'être bientôt riche et de pouvoir alors aspirer ouvertement à vous.

— J'ai aussi beaucoup à vous demander, moi, dit Marie. D'abord pourquoi vous avez passé la journée entière sans venir ; ensuite pourquoi vous m'avez si longtemps caché que vous étiez des nôtres, et que vous aviez le droit de porter ce manteau rouge qui vous donne le droit de vous dire notre ami.

Un regard que leur jeta le comte, les fit taire tous deux.

— Bonne garde, répéta ce dernier à Marcel, en sortant du salon pour monter

en voiture, dans une sorte de cabriolet in-
forme conduit par Pelao. Du reste, sa prison est sûre. La porte est solide et la fenêtre soigneusement barrée. Vous pouvez
dormir tranquille, ici, dans ce salon, jusqu'à demain matin ; mais, en tous cas, ayez
toujours vos pistolets à portée de la
main.

Le comte sortit du salon, et Noireau, à
l'affût, entendit presqu'aussitôt le bruit de
la voiture qui l'emportait ; puis il vit Marcel, fidèle observateur de la consigne qu'il

venait de recevoir, sortir ses pistolets de son habit, visiter leur amorce et les poser, tout armés, sur une table, à portée de sa main.

Cela suffit à Noireau pour lui enlever toute pensée d'essayer une évasion par la porte. La porte ouvrait sur l'escalier qu'il fallait absolument descendre pour fuir, et au bas de cet escalier se trouvait, grande ouverte, la porte du salon où se tenait Marcel.

Noireau ne s'occupa seulement pas de

vérifier le plus ou le moins de solidité de sa porte, et se tourna immédiatement vers sa fenêtre.

Cette fenêtre, nous l'avons dit, ouvrait sur le fleuve et était défendue par d'épais barreaux de fer.

De ce côté, comme de l'autre, la fuite paraissait impossible.

Cependant, Noireau n'était pas encore découragé.

— Je ne puis croire, se dit-il, que Séraphin, tout lâche qu'il soit, le soit pourtant assez pour n'essayer aucune tentative de savoir ce que je suis devenu après m'avoir abandonné comme il l'a fait. Dès que le jour viendra, j'aurai de ses nouvelles, soit que je l'aperçoive par cette fenêtre, soit que j'entende au loin quelque signal m'annonçant qu'il s'occupe de moi. Allons, il ne s'agit que de prendre patience.

A cet instant, un léger bruit à l'extérieur troubla le silence de la nuit.

Noireau courut à la fenêtre, et passa autant qu'il pût, sa figure pointue, à travers les barreaux.

La nuit était sombre, pas une étoile ne s'allumait au ciel, mais la neige qui couvrait la campagne, permettait de distinguer vaguement les objets.

Le même bruit vint de nouveau frapper les oreilles de Noireau ; il crut reconnaître le battement cadencé de deux rames, en même temps qu'il lui sembla voir un point noir se dessinant à peu près au milieu du fleuve.

Peu à peu ce point grossit, et il reconnut une barque s'avançant directement vers là partie de la rive où était située la maison du comte.

Noireau était ému, le cœur lui battait ; était-ce quelqu'aide qui lui arrivait? Etait-ce Séraphin lui-même ?

Toute la puissance de son regard était concentrée sur cet objet, qui s'approchait lentement.

Enfin, arrivée en face de la maison, la barque s'arrêta précisément sous la fenêtre.

Un seul homme la montait, et, dans cet homme, Noireau reconnut Séraphin !...

Mais qu'allait-il faire ? comment se faire entendre de lui sans donner l'éveil à son gardien, placé immédiatement au-dessous de sa chambre ?

Noireau eut un frisson à cette pensée.

Il alla doucement à la porte et écouta.

Tout était tranquille et silencieux, à l'intérieur de la maison.

Il colla son œil à l'ouverture du plancher.

Le salon du rez-de-chaussée était également plongé dans le silence. Le jeune
homme était étendu sur un canapé et dor-
mait ou paraissait dormir.

Noireau respira et revint à la fenêtre.

L'homme de la barque, immobile, semblait examiner là maison avec attention,
comme s'il eût attendu un signal pour
agir.

Noireau comprit cette hésitation, et pas-
sant son bras entre deux barreaux, agita
son mouchoir.

Aussitôt Séraphin, car c'était lui, attacha quelque chose de blanc à l'un des avirons et le dressa vers la fenêtre...

Noireau saisit avec avidité l'objet qui lui était tendu... c'était un papier roulé.

Alors la barque s'éloigna et se perdit bientôt dans la brume.

Les doigts crispés de Noireau serraient le papier convulsivement. Il le déroula et sentit aisément au toucher qu'il renfermait une lime et une corde fine et solide.

— Je suis sauvé ! murmura-t-il. Séra-

phin regagne mon estime. Il aura une gra-
tification extraordinaire.

Noireau se mit à l'œuvre sans perdre de
temps, et attaqua l'un après l'autre deux
barreaux.

Un quart d'heure après, tout au plus,
les deux barreaux détachés lui présentaient
un passage plus que suffisant pour sa maigre personne.

Convaincu que Séraphin ne s'était éloigné que momentanément, et seulement
pour lui laisser le temps d'accomplir la

première partie de sa délivrance, dès qu'il vit la voie ouverte, Noireau répéta son signal et agita de nouveau son mouchoir.

Le digne Séraphin ne se fit, en effet, pas attendre.

La barque reparut sur le fleuve, gagna rapidement et silencieusement le pied de la maison et attendit.

Alors Noireau attacha sa corde à l'un des barreaux resté solide, passa son corps au dehors de la fenêtre et, saisissant la corde à deux mains, se laissa doucement glisser.

— Tu as tous les papiers? demanda à voix basse Noireau, aussitôt qu'il fût dans la barque.

— Tous, répondit Séraphin sur le même ton.

— Alors appuyons sur les avirons et gagnons le chemin le plus court. Il faut qu'avant deux heures, nous soyons à Manheim, chez Abraham Brœmmer.

— Appuyons, dit Séraphin.

La barque, vigoureusement lancée, vola
sur le fleuve.

Dans le petit salon du bas, Marcel, tout
éveillé, rêvait de Marie et de son amour.

Deux heures après, comme l'avait dé-
siré Noireau, l'agent de Fouché et son aide
Séraphin étaient devant la maison du juif
Abraham.

CHAPITRE TREIZIÈME

XIII

La malédiction de Dieu.

On se souvient que Sarah, terrifiée par
le fatal accord qui s'était fait tout à coup
entre Jérémie et Abraham, avait perdu

connaissance et avait été transportée dans

sa chambre par le vieux juif.

Quelques instants après, tandis que le

digne oncle et le non moins digue neveu

achevaient de s'entendre dans la salle du

rez-de-chaussée, si quelqu'agent de la police

municipale de Manheim fût passé dans la

rue, il eut sans doute cru voir des indices

certains de vol par escalade dans une

échelle de corde dont une extrémité pen-

dait à quatre ou cinq pieds du sol, tandis

que l'autre restait accrochée à un balcon de fer de la maison des frères Brœmmer.

Mais à Manheim, comme allieurs, les agents de la police municipale visitent assez rarement, la nuit, les quartiers pauvres, et d'ailleurs, cette nuit-là, l'obscurité était si intense dans la Jüdengasse, qu'à moins d'être averti d'avance, personne n'eût pu voir le bout de l'échelle de cordes en question.

Au reste, l'individu qui venait de s'introduire par cette voie aérienne dans la maison d'Abraham Brœmmer, n'apparte-

nait nullement à la catégorie des voleurs ;

c'était tout simplement un amoureux ; et

il y avait certainement à croire qu'il ne

prenait pas ce chemin pour la première

fois, car, à peine parvenu sur le balcon, il

se dépouilla du large manteau rouge dont

il était affublé et frappa discrétement deux

coups du revers de son doigt à la porte-

fenêtre.

Personne ne lui répondant de l'intérieur,

il répéta son appel et, cette fois encore, en
vain.

Alors une vive expression d'inquiétude
se peignit sur la physionomie du jeune
homme. Il hésita un instant, puis, poussant
doucement la porte, il fit un pas dans la
chambre sur laquelle elle ouvrait.

Cette chambre était vaste et faiblement
éclairée par une lampe à bec posée dans
un coin sur un meuble.

A la lueur de la lampe, on distinguait

dans l'ombre les formes d'une femme à demi couchée sur une chaise longue.

— Sarah! appela le jeune homme.

La femme ne fit pas un mouvement. La tête renversée en arrière sur le dossier de la chaise, ses longs cheveux noirs dénoués autour de ses tempes, les deux mains pendantes de chaque côté de son siége, elle avait l'air d'une morte.

A cette vue, le jeune homme retint un cri d'épouvante, s'élença vers elle et, tombant à genoux, saisit frénétiquement ses mains qu'il baisa avec une passion déses-

pérée.

— Sarah! dit-il; Sarah! m'entends-tu?

c'est moi, Ludwig.

La présence et le nom de l'homme aimé

sont deux puissants galvanismes. Au son

de cette voix chérie, la jeune juive revint

rapidement à elle.

— Ludwig! s'écria-t-elle avec une ex-

plosion de joie intraduisible. Dieu soit béni!

Je croyais ne plus t'entendre, je croyais

être morte.

— Qu'est-il donc arrivé ? demanda Ludwig.

— Une chose horrible ! On veut nous séparer, on veut me perdre.

— Qui ?

— Mon oncle Abraham et Jérémie, mon cousin.

— Ce misérable débauché qui s'est mis à la solde de Job et de Moïse Brœminèr pour vivre à leurs dépens !

— Il demande à m'épouser et mon oncle y consent. Oh! la malédiction de Dieu qui pèse sur notre race depuis plus d'un siècle

s'appesantit sur moi seule aujourd'hui, et

rien ne pourra me soustraire à mon sort.

En expiation d'un crime commis par un de

nos ancêtres, je suis née aveugle. C'était

mon tour. Je suis maudite ! Le châtiment

de Dieu est sur moi.

La pauvre aveugle avait prononcé ces

paroles, presqu'incompréhensibles pour

celui qui les entendait, avec une agita-

tion fébrile et comme si elle n'eût pas

eu la conscience de ce qu'elle disait :

— Ecoute, Ludwig, s'écria-t-elle tout à coup; écoute, toi que j'aime plus que ma vie. Il faut que tu connaisses enfin l'origine de cette terrible infirmité qui se perpétue ainsi dans ma famille. Je n'ai plus de secours à espérer que de toi, tu dois tout savoir. C'est une sombre histoire, reprit la jeune fille avec un frisson d'horreur. Il y a bien longtemps de cela, cent ans peut-être,

un de mes ancêtres paternels vivait
dans une petite ville du nord de l'Allemagne. Son industrie avait prospéré,
il était riche, et il était heureux aussi,
car il avait une femme jeune, belle et
bonne qu'il aimait avec passion et qui
répondait à sa tendresse. Dieu avait
béni leur union, Rachel allait bientôt
être mère et Jacob, notre ancêtre,
voyait arriver avec une joie profonde
l'instant où elle allait lui donner leur
premier né.

Un jour, Jacob, qui s'était mis en route pour un voyage de plusieurs semaines, revint inopinément chez lni par suite d'une circonstance particulière. C'était le soir, fort tard.

En approchant de sa demeure, il fut surpris de voir une lumière dans la chambre de sa femme qu'il avait quittée, il y avait peu d'heures, souffrante et se disposant à se mettre au lit. En regardant avec plus d'attention, il aperçut deux ombres qui se détachaient sur la fenêtre éclairée ; —

l'une était celle de Rachel, — l'autre était

celle d'un homme.

Un horrible soupçon brûla le cœur de

Jacob comme s'il eût été traversé par un

fer rouge, et il s'élença vers la porte, mais

au moment où il allait se précipiter dans la

maison et dans cette chambre pour broyer

les coupables sous sa colère, il s'arrêta,

réfléchit une seconde, et, tournant le dos

à sa demeure, se dirigea vers le quartier

le plus désert et le plus misérable de la

ville.

Là aussi une lumière brillait à la fenêtre d'un logis. Jacob s'arrêta et frappa.

Un vieillard à la longue barbe blanche et au crâne nu et poli vint ouvrir.

Mon aïeul entra.

— Que me veux-tu, Jacob, à cette heure avancée? demanda le vieillard.

Jacob, sans lui répondre d'abord, regarda autour de lui dans la chambre.

Cette chambre était bizarre.

Le long des murs se tordaient des ser-

pents empaillés ; des animaux fantastiques
regardant avec des yeux de verre, grim-
paient le long des solives, les meubles,
de forme antique, étaient chargés de
vases à l'apparence extraordinaire, rem-
plis de liqueurs de différentes couleurs.
Au fond, sur un fourneau ardent, bouil-
lonnait dans une cornue un liquide ver-
dâtre.

Mon aïeul sourit en voyant tout cela.

— Frère, dit-il au vieillard, un hiver
tu n'avais pas de pain je t'en ai donné.

Une autre fois tu fus jeté en prison pour une dette, je la payai et t'en fis sortir.

— Cela est vrai, répondit le vieillard.

— Il te fallait de l'or pour continuer tes expériences, reprit Jacob, pour découvrir ce que tu cherches depuis longues années, je t'en ai donné.

— Cela est encore vrai.

— Te souviens-tu de ce que tu me promis alors ?

— Je m'en souviens... Je te dis : Frère,

tu m'as ouvert ton cœur et ta bourse, ja-

mais je ne l'oublirai, et peut-être, un jour,

pourrais-je aussi te servir, car j'ai arraché

à la nature des secrets terribles. Je puis

tuer sûrement en faisant respirer le parfum

d'une fleur, je puis priver de la vue pour

toujours en appliquant sur les yeux un

bandeau préparé par mes soins...

— Assez ! dit Jacob, je vois que tu n'as

pas oublié, et, ce soir, je viens te deman-

der de tenir ta promesse. J'ai une vengeance à accomplir et pour cela, j'ai besoin

de ta science.

— Que veux-tu ? La mort ?

— Non ! La mort est trop douce, une

vengeance qui ne dure qu'une minute ne

venge pas ; je veux que la mienne dure

longtemps...

— Que veux-tu donc alors ?

— L'aveuglement.

— C'est bien, répondit le vieillard.

Il prit la lampe, chercha parmi les fioles

qui garnissaient un vieux bahut, en prit

une remplie d'une liqueur blanche et pure comme le cristal, et répandit le contenu sur un bandeau.

— Celui qui aura ce bandeau appliqué sur les yeux pendant la durée d'un éclair, dit-il à Jacob, en le lui remettant, deviendra aveugle; sans que jamais la science humaine puisse lui rendre la vue.

— Merci, dit mon aïeul, et il regagna sa demeure d'un pas rapide.

La lumière brillait toujours dans la chambre de Rachel; les deux ombres se dessinaient toujours sur le fond lumineux.

Jacob arma un pistolet et gravit l'escalier sans que nul bruit révélât sa présence.

Il ouvrit brusquement la porte de la chambre de sa femme, qui s'arracha des bras d'un jeune homme en poussant un cri d'épouvante.

Cet homme s'élança au-devant de mon aïeul qui l'arrêta en lui présentant le canon de son arme.

Il voulut parler.

— Silence, lui dit Jacob. Je puis vous tuer tous deux ; je ne le ferai pas... vous allez vous retirer, mais en vous couvrant les yeux de ce bandeau...

— Pourquoi ce bandeau, demanda le jeune homme atterré. Avant tout laissez-moi parler! écoutez-moi d'abord.

— Pas un mot !..... Obéissez, ou, j'en jure par le Dieu d'Israël..., vous êtes mort !

Le jeune homme obéit, mit le fatal

bandeau sur les yeux, et suivit mon aïeul.

Quelques instants plus tard, Jacob reparut devant sa femme, restée muette de terreur, sans parole et sans voix pendant cette scène...

Il était pâle.

— Pardonnez-moi, Jacob, s'écria Rachel, se jetant à ses genoux, pardonnez-moi si, pendant votre absence, et malgré vos ordres, j'ai osé recevoir mon frère.

— Votre frère, dit Jacob en bondissant, votre frère ?

— Oui, reprit-elle, celui que vous ne connaissez pas encore, qui s'est fait chrétien et qui a toujours craint de se présenter chez vous à cause de l'inflexibilité de votre foi.

— Votre frère, répéta Jacob, fou de douleur, mon Dieu ! Je suis maudit ! il est aveugle.

Peu de temps après ce drame lugubre, Rachel mit au monde deux jumeaux. L'un d'eux était aveugle. Cette infirmité, qui pouvait passer pour un effet du hasard, et de la terreur ressentie par leur mère, fut attribuée par la suite à la vengeance divine, car depuis cette époque, les enfants de notre famille naissent tour à tour aveugles et clairvoyants.

— Vous le voyez, Ludwig, ajouta Sarah en terminant son lugubre récit, je suis un de ceux de ma race destinés à racheter le crime de notre aïeul. Je suis maudite de

Dieu sur la terre, car il m'a privée de la vue et je ne te verrai jamais.

— Ne dites pas cela, Sarah! s'écria Ludwig, ne désespérez pas. La science est puissante.

— La science ne peut rien contre la volonté de Dieu.

— Ne m'avez-vous pas assuré que, parfois, vous croyiez voir comme une faible, bien faible lueur errer devant vos yeux ?

— C'est vrai, quelquefois il me semble
qu'une percée se fait dans le brouillard qui
me cache ce qui m'entoure, mais pourquoi
me bercerais-je d'un vain espoir ? La sombre tradition de la famille veut que la fata-
lité ne cesse de frapper les enfants des
Brœmmer que lorsqu'un d'eux, atteint subitement d'une mort horrible, expiera à la
fois ses crimes à lui, et le crime de son ancêtre. Non, Ludwig, non ! reprit Sarah avec
une expression déchirante, il faut que mon
sort s'accomplisse et rien ne peut me sau-

ver, pas vous même, car votre aide, que je
réclamais, votre amour, qui m'est plus pré-
cieux que l'existence, et que j'invoquais
tout à l'heure, je les repousse à présent.
Tout-à-l'heure j'étais folle, folle de déses-
poir et de douleur ; à présent, je ne veux
pas que ma perte cause votre perte, qu'en
vous attachant à moi, vous vous riviez
au cou une chaîne de larmes et de malheur.

— Taisez-vous Sarah, par grâce, taisez-
vous, s'écria Ludwig, effrayé de l'état vio-

lent où il voyait la jeune juive : ne savez-
vous pas que rien ne peut nous séparer,
que vous êtes ma femme ?

— Il la prit dans ses bras et chercha à
l'apaiser, comme on apaise un enfant
malade, par de douces et consolantes paroles.

Peu à peu l'agitation de Sarah se calma,
ses nerfs se détendirent et deux larmes
s'échappèrent lentement de ses yeux sans
regards.

— C'est que vous ne savez pas tout, Ludwig, dit-elle en pleurant, c'est que vous ignorez encore qu'en vous unissant à moi, vous vous liez non-seulement au malheur, mais encore au déshonneur et à l'infamie. Cet homme, que j'appelle mon oncle, cet Abraham Brœmmer, qui représente aujourd'hui pour moi, tout ce qui me reste de famille, est un misérable dont la conscience est lourde de crimes impunis. Je les ai entendus, tout à l'heure, lui et Jérémie. Tous deux se menaçaient. Jérémie,

un moment vaincu, repoussé dédaigneuse-
ment dans la demande qu'il faisait de ma
main, a tout-à-coup invoqué une date, un
souvenir horrible sans doute, car au premier mot, Abraham, atterré, a consenti à
tout. Quel crime affreux a été commis dans
le cours de cette nuit du 13 novembre 1793?
je l'ignore, mais ce doit être quelque crime
épouvantable, si j'en juge par l'effroi, par
la terreur d'Abraham.

— La nuit du 13 novembre 1793 ! s'é-
cria Ludwig en repoussant violemment la

jeune fille, la nuit qui a vu le déshonneur

et la mort de mon père! Et Abraham est

mêlé aux événements de cette nuit ! Oh !

mais alors, oui, vous avez raison, Sarah, le

doigt de Dieu est au fond de tout cela.

Car si vous ne savez pas ce qui s'est passé

durant cette nuit fatale, je puis vous le

dire, moi, je puis vous le dire en ce qui

regarde mon père ! Ecoutez, maintenant,

écoutez.

CHAPITRE QUATORZIÈME

XIV

Le caissier infidèle.

— Mon père était depuis plus de dix ans caissier d'une des principales maisons de Worms, commença Ludwig, en proie à une émotion terrible, qu'il s'efforçait de maî-

triser en arpentant d'un pas saccadé la sur-
face de la chambre; sa vie tout entière avait
été une vie de travail, d'abnégation et
d'honneur.

Un soir, c'était le 13 novembre 1793, il
rentra plutôt que de coutume, il s'enferma
dans son cabinet où il resta un temps assez
long, puis il alla trouver ma mère dans sa
chambre. Lorsqu'il sortit de cette chambre,
il s'élança hors de la maison avec agitation
et tout aussitôt un grand cri déchirant re-
tentit, jeté par ma mère.

Je courus près d'elle, et la trouvai à genoux, pleurant avec désespoir.

— Mon Dieu, qu'avez-vous ? m'écriai-je.
Qu'est-il arrivé ?

— Ah! mon pauvre enfant, dit-elle en
me serrant sur son cœur, ton père est
perdu !

— Perdu ! mon père !

— Perdu sans ressources !

— Ruiné? Eh ! bien, s'il a perdu sa
fortune, ne lui restons-nous pas, vous et
moi ?

— Si ce n'était que sa fortune, ce ne serait rien, c'est son honneur que l'on menace, c'est sa probité que l'on attaque, et
d'après les explications qu'il m'a données
à la hâte, il ne lui reste qu'une chance, une
bien faible chance de se disculper de l'ac-
cusation flétrissante que l'on peut faire pe-
ser sur lui.

— Qu'est-ce donc, ma mère ? m'écriai-
je effrayé, que voulez-vous dire ?

— Ecoute, continua-t-elle, tu sais que
ton père doit sa place de caissier, dans la

maison qu'il sert, au neveu de l'un des

chefs de cette maison, à monsienr Stanislas

Grœme ?

— Je ne l'ai pas oublié.

— Mon mari lui a voué une reconnais-

sance sans bornes, car cette place, pour lui

c'était son existence, celle de sa femme et

de son enfant. Malheureusement Stanislas

Grœme a la funeste passion du jeu, non

pas le jeu ordinaire, celui qui fait perdre

quelques pièces d'or sur une carte ; mais

ce jeu qui fait perdre une fortune dans une

heure; il joue à la Bourse. Il y a quelques jours, il a perdu 300,000 florins, il a disposé à l'insu de tous des fonds de la maison, et, pour couvrir cette soustraction, il a falsifié les livres.

— Grand Dieu! m'écriai-je.

— Maintenant voici comment ton père se trouve impliqué dans cette déplorable affaire. En sa qualité de caissier, il s'est aperçu le premier de cette falsification, et il allait en informer ses chefs, quand Stanislas s'est jeté à ses genoux, lui avouant tout et le suppliant de ne pas le perdre.

Sa position était horrible ; placé entre son

devoir et sa reconnaissance, il ne savait

que faire... Stanislas lui jurait que s'il pou-

vait gagner huit jours, tout serait sauvé ;

il avait, disait-il, en dépôt chez deux juifs

de Manheim, des diamants et des pierres

précieuses, vieilles reliques de famille,

pour une valeur beaucoupplus considérable

que la somme engloutie dans ses fausses

spéculations ; huit jours lui suffisaient pour

aller à Manheim, réaliser ces valeurs et revenir. Ton père eut la faiblesse de céder de croire à sa parole ; il ne put se décider à dénoncer son bienfaiteur, et c'est ce qui le perd, car Stanislas, parti depuis huit jours, n'est point encore revenu. S'il ne veut ou ne peut tenir sa promesse, ton père passera pour son complice.

— Vous aviez raison, dis-je désespéré, nous sommes impuissants contre un pareil malheur, car si cet homme ne revient pas, les livres sont examinés, et la vérité se découvrira.

— Ces livres, ton père a eu la précau-
tion de les apporter ici, dans son cabinet,
mais à quoi bon ? Demain, ce soir peut-
être, des officiers de justice peuvent venir
s'en emparer au nom de la loi, et traîner
ton père en prison, comme complice de
ce malheureux. Oh ! cette idée est affreuse ! s'écriait ma mère en sanglo-
tan,.

— Ces livres sont ici ? lui dis-je, frappé
d'une idée subité.

— Oui.

— Mais alors, il est sauvé !

— Que dis-tu ? Explique-toi.

— Ces livres contiennent la preuve des détournements faits par Stanislas Grœme ?

— Sans doute.

— Eh bien !..... s'ils étaient détruits, plus de preuves, par conséquent mon père ne pourrait plus être accusé de complicité.

— Tu as raison.

— Vous les connaissez, ces livres ?

— J'étais là, quand il les a déposés sur son bureau.

— Alors, ne perdons pas une minute, pas une seconde, venez.

Et saisissant sa main, je l'entraînai dans la pièce qui servait de cabinet à mon père.

Sur le bureau étaient trois registres de dimensions différentes, tels que ceux en usage dans les maisons de commerce ; je m'en emparai et me mis à en déchirer les feuilles pendant que ma mère allumait un grand feu dans la cheminée. J'y lançai tous les feuillets au fur et à mesure que je les arrachais. Quand le feu eut tout consumé, nous allâmes jeter les cendres au vent..... dans le jardin. Soudain la porte du dehors s'ouvrit et des pas lourds résonnèrent.

— C'est ton père... dit ma mère tremblante.

Elle me fit signe de la suivre et nous nous dirigeâmes vers son cabinet.

La porte en était ouverte tout au large.

Nous l'aperçûmes debout, devant son bureau, regardant devant lui d'un œil hagard. — Ses traits étaient d'une pâleur affreuse. — Une de ses mains crispées était enfoncée dans sa poitrine ; il l'en retira par un geste brusque, elle serrait encore un lambeau de sa chemise..... teint de sang.

Frappé d'épouvante, je m'élançai. Ma mère tremblait tellement qu'elle ne pouvait faire un pas, et se tenait cramponnée au chambranle de la porte.

— Mon père ?... Qu'avez-vous ?... m'écriai-je.

Il se retourna tout d'une pièce.

— Les livres ? Où sont les livres ? dit-il d'une voix étouffée.

— Les livres qui étaient sur ce bureau ?

— Oui, oui, les livres ?

— Ma mère et moi, avons voulu vous sauver, mon père ; ces livres, tombés

entre les mains de vos ennemis vous auraient accusé, nous les avons...

— Achève, dit mon père, pâlissant
encore plus, si c'était possible, et s'appuyant des deux mains sur le bureau...
Achève !

Une pensée terrible me traversa l'esprit
à cet instant et colla ma langue à mon palais, en voyant l'effet que mes paroles pro-
duisaient sur lui. Je n'osais prononcer le
dernier mot...

— Mais achève donc !.... Vous les avez...

— Brûlés !....., fis-je enfin avec effort.

— Malheur ! malheur ! s'écria-t-il d'une voix brisée. Ces pages que vous avez réduites en cendres, pouvaient seules prouver mon innocence. Stanislas Grœme s'est tué ou a été tué. On vient de retrouver son corps dans un bois, aux portes de Manheim. Dans ces pages était écrit et

prouvé l'honneur de toute ma vie. A présent
je suis déshonoré et perdu.

Ma mère, à ces paroles foudroyantes,
roula évanouie sur le plancher. Je me pré-
cipitai à genoux auprès d'elle, essayant de
la rappeler à la vie.

Quand je me relevai, mon père avait
disparu.

Une seconde après, une affreuse détona-
tion se faisait entendre. Il venait de se brûler la cervelle.

Ma mère ne put résister à cette se-

cousse terrible ; un mois ne s'était pas
écoulé, qu'elle suivait mon père au tom-
beau:

On avait eu alors quelques détails sur la
mort mystérieuse de Stanislas Grœme. On
avait su, qu'après avoir pénétré, ce même
soir du 13 novembre 1793, dans la Jüdengasse de Manheim, il en était sorti et avait
repris la route de Worms, à travers un petit bois, situé aux portes de Manheim, et
que deux heures après, au commencement
de la nuit, on y avait retrouvé son cadavre ;

mais personne n'osait se prononcer sur la

nature réelle de sa mort ; les uns croyaient

à un suicide ; les autres croyaient à un as-

sassinat.

Lesquels avaient raison ?

CHAPITRE QUINZIÈME

XV

Où le neveu Jérémie dévoile sa véritable
vocation.

— Devinez-vous à présent, Sarah, continua le jeune homme, devinez-vous de
quelle nature sont les pensées que vons
avez fait naître en moi, en me révélant l'ef-

froi mêlé de remords qui saisit Abraham au souvenir de cette nuit du 13 novembre 1793 ? Quels sont ces deux juifs de Manheim entre les mains de qui Stanislas Grœme avait déposé tout ce qui lui restait de sa fortune, quels peuvent-ils être ?

— Job et Moïse Brœmmer, murmura la jeune juive en frissonnant.

— Quel est celui qui doit avoir assassiné Stanislas Grœme à l'instigation sans doute des deux autres.

— Abraham Brœmmer, dit encore Sarah

emportée presque malgré elle à dévoiler le
fond de sa pensée.

— Eh bien, s'écria Ludwig, celui qui a
assassiné Stanislas Grœme, a tué mon père
et ma mère en l'assassinant; celui-là doit
mourir et mourir de ma main, celui-
là, je veux le connaître et je le connaî-
trai.

Sarah baissa la tête et ne répliqua
rien.

— Mais avant tout, Sarah, reprit le jeune
homme avec passion, je n'oublie pas que

tu es ma femme et que tu n'es plus en sûreté ici, au milieu de ces misérables coupables de tous les crimes. Tu quitteras cette
maison.

— Je suis prête, Ludwig, dit-elle simplement, aujourd'hui comme demain, à ton
premier appel, au premier signe de ta volonté.

— Le temps de faire les préparatifs né-
cessaires et de te trouver une retraite sûre
et convenable. Il faut que demain je sois
rendu à Strasbourg ; aussitôt mon retour

je viendrai t'arracher d'ici, en te réclamant comme ma femme. Si Abraham essaye de résister, qu'il tremble !

Le jeune homme déposa un chaste et doux baiser sur le front penché de la pauvre aveugle et, se dirigeant vers la fenêtre, se disposa à enjamber le balcon auquel était restée suspendue son échelle de cordes.

A ce moment, deux cavaliers arrivant à fond de train et faisant voler sous les fers de leurs chevaux des milliers d'étincelles arrachées aux durs cailloux qui pavaient la

Jüdengasse, s'arrêtaient sous le balcon à la porte du logis des Brœmmer.

Ludwig n'eut que le temps de se rejeter en arrière, mais un rayon de lumière parti de la fenêtre lui avait suffi pour reconnaître, dans l'un des cavaliers, un des hommes qui, le soir même, il y avait quelques heures, avaient attaqué à l'improviste, au sortir de la brasserie du *roi de Brabant*, à Heidelberg, l'homme extraordinaire auquel il espérait devoir bientôt sa fortune : le capitaine Roland.

— Que viennent faire ces hommes ici ?
dit-il.

— Veux-tu le savoir ? lui demanda la
juive, viens.

Elle le prit par la main et lui fit descendre à tâtons l'escalier en échelle, qui me-
nait au rez-de chaussée.

— Regarde et écoute, lui dit-elle en le
plaçant derrière un vitrage gris de pous-
sière et de toiles d'araignées, séparant la
salle basse, où se tenait Abraham, du pied
de l'escalier,

Noireau et Séraphin venaient d'entrer dans la salle.

— Monsieur est le maître dont je vous ai parlé, dit Séraphin présentant Noireau à Abraham.

Abraham ôta respectueusement son sale bonnet de laine et salua.

Jérémie, qui se trouvait encore en conférence avec l'oncle Abrabam, s'était rapidement effacé derrière un tas de loques, à l'aspect des nouveaux venus et n'en avait pas été vu.

— Je sais qu'on peut se fier à toi, dit, sans perdre de temps, Noireau à Abraham, nous te payons assez cher pour cela. Les renseignements que tu nous a fournis sur les allures et la personne de celui qui se fait appeler le capitaine Roland étaient exacts ; ils nous ont servi déjà et nous serviront davantage bientôt. Tu as été récompensé en partie ; tu le seras tout à fait dès qu'il sera tombé entre nos mains. Ton intérêt, par conséquent, est de nous rester fidèle. Ecoute-moi bien.

— Je vous écoute de toutes mes oreilles,
dit Abraham humblement.

— J'ai sur moi des papiers qui me sont
d'une assez grande importance et qui n'en
auraient aucune pour toi, s'il te prenait
envié d'en tirer parti, continua Noireau. Je
ne veux pas les emporter dans un court
voyage qu'il me faut faire; je vais les dé-
poser entre tes mains parce que je suis certain que personne de ceux qui auraient
intérêt à m'en dépouiller, ne viendra les
chercher chez toi. Tu les garderas comme

un trésor et tu ne les remettras qu'à moi ou à cet homme.

Noireau désignait Séraphin, demeuré respectueusement silencieux à ses côtés.

— Voici un à-compte, reprit Noireau en jetant dans la main tendue du vieux juif une douzaine de louis. Lorsque je reprendrai ces papiers, tu en auras le double.

— Bénie soit la main qui donne, dit le juif dévotement; ces papiers seront sacrés pour moi comme la sainte manne du désert, et on arracherait plutôt la peau de tous mes membres qu'on ne les arracherait de mes mains.

— Remets-lui les papiers, dit Noireau à Séraphin.

Celui-ci fouilla sous sa veste, en retira le paquet de papiers enlevés par lui chez le comte de Rochefort et le tendit à Abraham.

Mais au moment où le juif avançait la main pour les recevoir, une main plus leste les saisit au passage.

C'était la main de Jérémie.

— Gardez vos papiers, monsieur, dit-il

polimant à Noireau en les lui rendant, ou

cherchez un autre dépositaire, si vous ne

voulez pas qu'avant vingt-quatre heures,

ils soient rendus par mon respectable oncle

au capitaine Roland lui-même.

— Misérable renégat! s'écria Abraham

levant sur son neveu le tabouret sur lequel

il était assis.

Allons, mon oncle, riposta Jérémie en

esquivant tranquillement le coup, pas d'en-

fantillage. Je vous croyais tout à fait con-

verti par notre conversation de tout à
l'heure. Que diable ! ces messieurs ne font
point partie de la police de Manheim, mais
ils ne seraient peut-être pas fâchés tout de
même de savoir un bout de votre histoire.
D'ailleurs croyez-vous que c'est pour rien
que je vous abandonne vingt mille florins
sur la dot de Sarah ! Je vous ai dit que je
voulais choisir avec connaissance de cause
le parti que je prendrais entre les deux que
vous servez, celui de la police française et
celui du capitaine Roland, qui me fait l'effet

d'être plutôt un conspirateur qu'un contrebandier. J'ai choisi la police, car je me
suis toujours senti un goût prononcé pour
ce métier productif, et je sers mon parti en
empêchant ces papiers de tomber entre les
mains du capitaine.

— Tu nous trahissais donc, gredin! dit
Séraphin à Abraham consterné.

— Ne lui faites pas de mal, fit Jérémie
en s'interposant, j'ai encore besoin de
lui.

Noireau avait lestement rempoché les papiers.

— Ce garçon promet d'être un jour une charmante canaille, dit-il, nous en ferons quelque chose plus tard ; mais quant à présent, je ne me fie ni à lui ni à ce vieux coquin.

Il prit Séraphin à part et lui parlant presqu'à l'oreille :

— Tu vas rester ici jusqu'à demain matin, lui dit-il, et veiller à ce que ni l'un ni l'autre de ces hommes ne sorte et ne puisse

donner avis à quelqu'émissaire du capitaine, du voyage que j'entreprends, porteur
de ces papiers. Le capitaine n'hésiterait
pas à me faire poignarder pour rentrer en
leur possession. Je me rends à Strasbourg.
Demain matin, je serai hors de poursuite
et tu pourras partir pour venir me rejoindre. Tu m'entends, ajouta-t-il tout haut et
avec un ton de menace qui ne pouvait laisser aucun doute sur sa résolution, si l'un
de ces deux hommes essaye de sortir avant
demain matin, brûle-lui la cervelle.

— A la bonne heure! dit Jérémie riant ;
je vois qu'en servant un maître tel que
vous, je servirai un maître homme. Vous
comprenez la situation.

Noireau arrêta sur lui son œil perçant,
habitué à juger vite et bien les hommes et
les choses.

— Ce garçon ira loin, dit-il à demi-voix,
bien loin. A moins, ajouta-t-il en manière
de réflexion, que quelque mauvais coup ne
l'arrête en route.

Et, après avoir fait un dernier signe de

recommandation à Séraphin, il sortit du bouge des Brœminer.

Ludwig n'avait pas perdu un mot de toute cette scène.

En voyant sortir Noireau, il reprit la main de Sarah et l'entraîna vers sa chambre, remontant à bas bruit l'escalier qui y conduisait.

— Adieu, lui dit-il dès qu'il fut arrivé sur le balcon, je pars. Cet homme qui vient de sortir emporte avec lui, d'après le peu que j'ai compris, des papiers qui peuvent

perdre un homme à qui je devrai peut-
être un jour de pouvoir faire réhabiliter la
mémoire de mon père. Il faut que je le de-
vance.

— Adieu, répondit tristement la jeune
juive, que Dieu veille sur toi et mène à
bien tous tes projets.

— Dans deux jours, je reviendrai te dé-
livrer.

— Je t'attendrai, car je n'espère qu'en
toi.

Ludwig était déjà au bout de l'échelle et

tombait sur le sol. Il envoya un baiser à la
pauvre aveugle, qui ne put le voir, et regagna l'endroit où il avait caché son cheval.

La Jüdengasse avait, à cette heure avancée de la nuit, une physionomie encore
plus sombre et plus mystérieuse. Çà et là
quelques rares lumières, perçant à travers
les portes et les fenêtres mal closes, sortaient des maisons lézardées et ne servaient
guère qu'à rendre plus intense l'obscurité
des endroits non éclairés.

Mais peu importait à Ludwig l'aspect nocturne de ce vieux quartier de la vieille cité germanique. Il éperonna vivement sa monture et, sorti bientôt de ce dédale de ruelles qui compose le quartier juif à Manheim, il s'élança à toute bride sur le chemin d'Heidelberg.

CHAPITRE SEIZIÈME

XVI

Trop tard !

A la pointe du jour, deux cavaliers, arrivant au galop de leurs chevaux, s'arrètè-
rent ensemble dans la cour solitaire du
vieux château des Burgraves à Heidelberg,

comme ils s'y étaient arrêtés la veille au soir ; car c'étaient les deux mêmes hommes, Marcel et Ludwig.

Leur étonnement fut égal de se retrouver là.

— Qui t'amène ? demanda Ludwig.

— Et toi ? demanda Marcel.

— Un danger pressant pour le capitaine et contre lequel je dois le prémunir.

— Moi aussi.

— En cas de nécessité urgente, il nous a dit de nous adresser au vieux Schmitt, le

gardien du bürg, ou, à son défaut, à
France. Allons.

Comme la veille, ils frappèrent à la porte
basse et s'apprêtaient à donner le mot de
passe convenu, lorsqu'à leur grande surprise, ils s'aperçurent que cette porte était
ouverte. L'entrée du vieux château était
libre pour tous.

Sans s'arrêter à vouloir pénétrer les causes d'une semblable différence entre les
excessives précautions prises la veille et
l'abandon complet de toute prudence dont

ils étaient témoins, les deux jeunes gens
gravirent rapidement l'escalier qui conduisait au logis de France.

Le lieutenant du capitaine Roland fit un
mouvement de stupéfaction en voyant ses
amis.

— Déjà ! fit-il avec certaine joie. Au-
riez-vous changé d'avis, amis, et venez-
vous déjà vous dégager ?

— Nous dégager ! Jamais ! s'écrièrent
Ludwig et Marcel avec feu. Il ne s'agit pas
de cela.

Alors, chacun à son tour fit le récit à
France des événements dont il avait été ou
le témoin ou l'acteur dans le cours de la
nuit qui venait de s'écouler, depuis l'attaque dont le capitaine avait été l'objet au
sortir de la brasserie du *Roi de Brabant*, jusqu'au vol des papiers du comte de Rochefort et la fuite de Noireau de sa maison,
d'une part, jusqu'à la conversation que
Ludwig avait entendue entre ce même Noireau, le juif Abraham et Jérémie, dans la
maison de la Jüdengasse de Manheim.

France les écouta en silence.

— Vous avez raison, leur dit-il. Bien que je ne comprenne qu'à demi comment le capitaine, un simple contrebandier, selon lui, se trouve fourré dans une pareille intrigue avec de nobles émigrés et des agents de la police française, il est évident, d'après tout ce que vous avez vu et entendu, qu'il y va pour lui d'un intérêt réel d'en être informé dans le plus bref delai possible. Le vieux Schmitt, le gardien des ruines, nous dira où nous pourrons le voir. Je vais faire

venir Jetta.

Il frappa sur un timbre et attendit.

Mais, contre son habitude, Jetta, d'ordinaire si empressée, ne répondit pas à son

appel.

— Jetta ne m'a sans doute pas entendu,
dit France ; venez avec moi jusqu'au logement de Schmitt.

— Jetta est peut-être déjà sortie, observa

Ludwig, car nous avons trouvé la porte ou-

verte.

— La porte ouverte ! s'écria France avec
une inquiétude réelle. C'est impossible, ou
bien il se passe quelque chose d'extraordinaire. Venez ! venez !

Il s'élança dans le corridor et, descen-
dant l'escalier par quatre marches à la fois,
il gagna en un instant la partie du vieux
bürg où nous avons vu, au commencement
de cette nuit, le baron de Penhoët, sous le
nom de Schmitt, et sa fille Jetta, recevoir
celui que France et ses amis ne connais-

saient que sous le nom de capitaine Roland

et qu'ils appelaient, eux, le général.

Ce logement était vide et tout prouvait

que ses habitants l'avaient définitivement

abandonné. Les quelques meubles qui le

garnissaient étaient ouverts, et l'on voyait

qu'ils avaient été dégarnis à la hâte.

Jetta, Jetta partie ! s'écria France au

comble de l'étonnement, qu'est-il donc ar-

rivé ?

Il y avait dans la voix de France un ac-

cent douloureux qui frappa ses deux amis.

Ils échangèrent un regard qui voulait
dire :

— Lui aussi aime, comme nous ; mais
est-il aimé comme nous !

Et ils semblaient se demander comment
une nature aussi en dehors, aussi complètement forte et insouciante, avait pu se
laisser dominer, elle aussi, par cette faiblesse que l'on nomme l'amour.

Au bout d'un instant, France secoua sa
belle tête ouverte, la tête d'un lion au re-
pos, comme pour en faire tomber les pen-

sées importunes, et se tournant vers Lud-

wig et Marcel :

— Il s'agit d'autre chose, dit-il ; il s'agit

du capitaine qui court un danger et que

votre devoir, le mien surtout, est de sau-

ver. Le reste m'occupera plus tard. Mais

où le trouver à cette heure, lui qui est à la

fois, toujours, partout et nulle part ?

— Est-ce moi que vous cherchez, mes-

sieurs ? demanda tout à coup une voix

rude partant de derrière les jeunes gens.

Le capitaine Roland, lui-même, était debout à l'entrée de la salle.

Les trois jeunes gens s'élancèrent vers lui, et Ludwig et Marcel répétèrent, en le moins de mots possible, ce qu'ils venaient de raconter à France.

En entendant le récit de ce qui s'était passé chez le comte de Rochefort, le capitaine Roland laissa échapper un juron terrible. Mais quand il sut par Ludwig que Noireau, porteur des papiers volés, avait pris le matin même, en partant de Manheim, la route de Strasbourg, il poussa un cri de joie.

— Rien n'est perdu ! dit-il. Ce misérable n'a pas plus de quatre heures d'avance ; je le joindrai avant qu'il soit à Strasbourg ; il le faut. Les plus grands intérêts y sont engagés. S'il arrivait à Strasbourg avec les papiers, une partie, la plus grande partie de mes plans serait renversée. A cheval, mes enfants, à cheval ! mort ou vif, il faut nous emparer de cet homme.

Un quart d'heure après quatre cavaliers,

enveloppés de manteaux rouges, sortaient d'Heidelberg et prenaient à fond de galop la route de Carslrhüe.

Au premier relai, le capitaine Roland s'informa de celui qu'il poursuivait, et, au portrait qu'on lui fit d'un individu que l'on avait vu passer comme une flèche, suivant la direction de Carslrhüe, il reconnut aisément Noireau. Noireau s'était arrêté au relai pour changer de cheval, vers les trois ou quatre heures du matin, et avait ainsi devant lui cinq ou six heures.

— Si nous le gagnons de deux heures, d'ici à Carslrhüe, il est à nous, dit le capitaine. En avant !

La poursuite recommença avec une nouvelle vitesse. Les cavaliers enfoncèrent les éperons dans le ventre des chevaux qui s'allongeaient et dévoraient l'espace.

La journée tout entière s'écoula dans cette course effrénée, et le soir arriva qu'on n'avait encore rien gagné sur l'agent de Fouché.

Depuis longtemps on avait dépassé Cars-lrhüe. A chaque village, à chaque maison isolée qu'il rencontrait sur la route, le capitaine, furieux, demandait à la hâte des nouvelles de Noireau, et partout on lui répondait la même chose; qu'un individu dont le signalement concordait avec celui qu'il donnait, avait en effet passer par là, mais qu'il serait difficile de le joindre, car il avait près de six heures d'avance.

Six heures! toujours six heures?

A chacune de ces éternelles réponses,

l'irrascible capitaine Roland poussait un

rugissement et précipitait sa course.

— Entre cet homme et moi, disait-il en

tre ses dents, c'est une guerre à mort. Il

faut que l'un des deux succombe. Si je le

rejoins, je le tue.

La nuit était tout à fait venue. Une lune

claire et brillante éclairait la campagne

aussi bien que le pâle soleil de janvier.

A quelques lieues de Baden, entre Stollho-

fert et Bischofsheim, le capitaine, pour la

première fois, reçut à ses questions une
réponse tout autre.

— L'homme que vous désignez, lui dit
un postillon ébloui par la vue et le toucher
d'une donzaine de florins, vient de prendre
un cheval ici il n'y a pas une heure. En
marchant bien vous pouvez le gagner avant
Bischofsheim.

— En avant ! cria le capitaine radieux,
nous le tenons.

Et, sans s'inquiéter si les trois amis qui
l'accompagnaient, moins bien montés que

lui, pouvaient le suivre, il piqua son cheval avec frénésie et disparut comme un tourbillon.

France, Ludwig et Marcel s'élancèrent après lui, mais quelques efforts qu'ils fissent, ils ne tardèrent pas à être considérablement distancés.

Depuis le matin, depuis qu'ils avaient commencé cette poursuite acharnée, ils avaient à peine eu le temps d'échanger un mot, et ce n'avait pas été sans une certaine surprise que Marcel et Ludwig avaient

remarqué sur le visage, d'ordinaire si ouvert et si joyeux de France, une expression
de contrainte et d'embarras.

Dès que le capitaine Roland fut hors de
vue, et comme s'il n'eût attendu que ce moment pour parler, France appela de la voix
l'attention de Marcel et de Ludwig.

— Ne nous arrêtons pas de galopper ;
leur dit-il en activant autant que possible
la rapidité de sa monture. La vie du capitaine peut se trouver engagée d'un moment
à l'autre, et nous devons nous trouver à

portée de le secourir, mais tout en galop-
pant, écoutez bien ce que je vais vous
dire.

Le ton de France avait quelque chose de
profondément grave, de nature à faire im-
pression.

— J'ai beaucoup observé depuis hier au
soir, continua-t-il ; j'ai beaucoup réfléchi.
Des indices, qui auraient dû me frapper,
m'avaient échappé jusque-là ; j'ai fini par
les voir. Cet homme auquel je me suis lié,
auquel je vous ai liés vous-mêmes, n'est pas

un simple contrebandier. Je ne sais pas ce
qu'il est au juste, mais, quel qu'il soit, je
me réserve de lui signifier que je ne veux
pas servir d'instrument à un parti, qui n'aurait pas d'avance toutes mes sympathies, et
me voir jeter dans une entreprise dont je
ne connais pas le premier mot. Réfléchissez à votre tour, amis, et décidez ce que
vous voulez faire. C'est moi qui, sans le
savoir, vous ai conduit au bord du préci-
pice ; c'était à moi de vous en faire apercevoir le fond. Maintenant, n'en parlons

plus. Tant que nous ne nous serons pas
loyalement dégagés envers lui, notre devoir
est de le soutenir, coûte que coûte. En
avant!

Le capitaine était alors, nous l'avons dit,
hors de vue; seulement le bruit des fers
de son cheval retentissant au loin sur le sol
de la route suffisait aisément aux trois jeunes gens pour rester toujours sur ses
traces.

Mais tandis que les poursuivants met-
taient dans cette espèce de chasse à

l'homme qu'ils avaient entreprise une si
menaçante ardeur, celui qui en était l'objet
continuait d'avancer avec une ardeur non
moins grande.

Noireau ne se savait pas poursuivi, mais
il redoutait tellement de l'être, qu'il agissait dans son ignorance comme s'il eût été
parfaitement instruit du danger imminent
qu'il courait. Tout en faisant voler son cheval sur le pied de quatre lieues à l'heure,
il avait pris une connaissance sommaire des
papiers enlevés au comte de Rochefort, et

bien qu'ils ne fussent pas aussi importants
qu'il l'avait espéré tout d'abord, bien qu'ils
ne renfermassent ni liste des conjurés, ni
indications positives sur la force réelle de
la conspiration, ils établissaient d'une façon
si certaine la réalité de cette conspiration
du parti royaliste, aidé de l'étranger, contre les jours du premier consul, ils indi-
quaient si clairement la partie de chasse qui
devait avoir lieu sous peu de jours dans les
forêts du grand-duc, comme étant le rendez-vous décisif où seraient arrêtés les

moyens de l'entreprise, ils avaient enfin
une importance relative telle, que Noireau
ne doutait pas un instant des efforts de
toute nature que ferait le capitaine Roland,
dès qu'il serait instruit de leur capture,
pour rentrer à tout prix en leur possession.

Aussi avait-il grande hâte de gagner
Strasbourg, où il serait enfin en sûreté, et
n'épargnait-il pour cela ni argent, ni fatigue.

Toute la première partie de son voyage

s'était faite sans encombre et avec une
extrême rapidité.

A quelques lieues au-delà de Baden seulement, il lui était survenu un accident qui
pouvait lui devenir fatal.

Il commençait à faire sombre. Au détour
d'un chemin débouchant à angle droit sur
la route et sortant des forêts grand'ducales,
une troupe de piqueurs portant la livrée
du grand-duc et conduisant une meute
nombreuse, avait, en paraissant tout à
coup violemment effrayé son cheval qui

s'était emporté à travers champs et, par un
écart vigoureux, l'avait subitement désar-
çonné.

La chute était peu de chose, mais ce
qu'elle présentait de fâcheux, c'est qu'en se
séparant de sa monture, Noireau avait
lâché les rênes et que l'animal, une fois libre, s'était rapidement échappé.

Noireau à pied s'était mis à sa poursuite
et était bien, il est vrai, parvenu à le res-
saisir, mais ce n'avait été qu'au prix de la
perte de plusieurs heures.

Noireau était désolé et furieux. Cependant, comme rien jusqu'alors n'avait pu lui faire supposer qu'il fût poursuivi et que, d'un autre côté, il se savait assez près du terme de son voyage, il ne tarda pas à se rassurer et, se remettant en selle, il reprit sa route avec une certaine tranquillité d'esprit.

La vue des piqueurs et des meutes du grand-duc se dirigeant vers les rendez-vous de chasse, en lui prouvant la réalité de cette partie de chasse dont les papiers du

comte de Rochefort faisaient mention, l'a-
vait même en partie consolé de sa chute
et du temps perdu.

— Une fois ces papiers en sûreté dans
les mains du préfet de Strasbourg, je reviendrai par ici et j'assisterai à cette chasse,
se dit-il; qui sait si je ne trouverai pas un
moyen de m'emparer de ceux bien plus
importants qui sont en la possession de ce
sir John, la tête, sinon le bras de cette in-
fernale conspiration ?

De l'autre côté du village de Birschofs-

treim, à un certain endroit de la route qui
se déroule là parallèlement au cours du
Rhin, Noireau prit un chemin de traverse
qui descendait droit au fleuve,

Au bout de vingt minutes, il s'arrêta
devant une cabane située sur la rive.

Des filets et des engins de pêche accro-
chés ou étendus alentour, annonçaient suffisamment quelle était la profession de
l'habitant de cette cabane,

A quelques pas une petite barque etait à
demi tirée sur le sable,

Noireau descendit de cheval, attacha la bête à une palissade et frappa rudement à la porte de la maisonnette.

Une voix s'éleva de l'intérieur qui demanda :

— Qui frappe ?

— Un homme qui a cinquante florins à ton service si tu exécutes en dix minutes ce qu'il va t'ordonner, répondit Noireau.

— On y va, dit la voix avec un empressement joyeux.

Un instant après, un individu, enveloppé

d'une cape grossière et coiffé d'un bonnet
de laine, parut sur la porte, une lanterne à
la main.

— J'ai faim, dit Noireau qui n'avait pas,
il est vrai, mangé depuis quarante-huit
heures. Donne-moi ce que tu auras, n'importe quoi. Tandis que je mangerai, tu
mettras ta barque à flot. Il faut que tout
soit prêt dans dix minutes. Je veux avant
une heure être sur l'autre bord.

— Ça peut se faire, répliqua le pêcheur.
Voyons vos florins.

Noireau prit sans compter une poignée d'argent dans sa poche et la lui vida dans sa main.

— Ça va se faire, dit avec empressement le pêcheur, apportant cette fois, grâce à la vue de l'argent, une légère variante à sa première parole.

Il mit devant Noireau un reste de poisson frais, un morceau de pain noir et quelques gouttes de brandevin au fond d'un verre, puis il courut sur la rive pousser sa barque à l'eau.

Le repas de Noireau ne dura pas plus de cinq minutes.

Il était avec le pêcheur au bord du fleuve et l'aidait à pousser la barque quand il crut entendre à peu de distance, sur le chemin qu'il venait de suivre, le bruit précipité du galop d'un cheval.

— A l'eau ! vite, à l'eau ! cria-t-il en déployant toutes ses forces pour faire glisser le bateau sur la rive.

La barque toucha l'eau et Noireau y sauta.

Au même instant un cavalier, lancé au triple galop, déboucha sur la grève à vingt pas de la cabane.

— Noireau ! s'écria le capitaine Roland avec une rage indicible en voyant son ennemi prêt à lui échapper.

Il prit un pistolet dans ses fontes, ajusta l'agent une seconde et fit feu.

La balle, dérangée par le mouvement du cheval, alla briser dans la main de Noireau la rame dont il se servait pour pousser la barque au large.

— Ah ! je te tiens donc enfin ! s'écria le capitaine.

Et il se jeta à terre pour s'élancer, lui aussi, dans la barque.

Mais il était trop tard. Le courant rapide du fleuve l'avait déjà saisie, et, tourbillonnant sur elle-même, elle était à vingt pieds du bord que le capitaine n'était pas encore descendu de cheval.

A ce moment, les trois amis arrivaient derrière le capitaine avec le fracas d'une avalanche.

La barque fuyait rapidement

— Feu! feu sur lui! hurla le capitaine.

en montrant de la main aux jeunes gens

Noireau assis sur l'un des bancs.

— Il est trop tard, monsieur Georges

Cadoudal. riposta Noireau en riant, trop

tard !

On ne voyait déjà plus la barque.

— Georges Cadoudal! répétèrent avec

stupéfaction les trois homme noirs, France,

Marcel et Ludwig.

Le capitaine Roland se retourna vers eux.

Il était pâle comme un mort et ses yeux
lançaient des flammes sombres.

— A Strasbourg, messieurs, leur dit-il
d'une voix sourde ; à Strasbourg, vous saurez tout.

CHAPITRE DIX-SEPTIÈME

XVII

Liquidation de la maison Francklin et Cie.

La maison de commerce Francklin et Cie établie depuis peu à Strasbourg, pours'oc-cuper, disaient ses employés, de la com-mission entre la France et l'Allemagne, avait acquis en quelques mois, parmi le haut commerce, une réputation méritée. Elle paraissait faire de fort grandes affaires et soldait avec une régularité rigoureuse, à caisse ouverte, les traites les plus importantes.

Le local choisi tout exprès pour le siége de la maison était situé dans une des rues les moins fréquentées de Strasbourg. C'était un vieux et vaste bâtiment du dix-septième siècle, ancien hôtel de quelque financier. Un jardin très-étendu s'allongeait der-

rière le corps de bâtiment principal, lequel
outre deux ou trois issues différentes sur
la rue, avait encore plusieurs portes de
sortie sur ce jardin dont les murs étaient
eux-mêmes percés d'un assez bon nombre
d'ouvertures sur deux autres rues écar-
tées. Des caves profondes converties en ma-
gasins s'étendaient sous les bâtiments, et
étaient toujours assez bien remplies d'une
variété de marchandises dans le genre de
celles que nous avons vues dans les sou-
terrains du château d'Heidelberg.

Une longue enfilade de pièces meublées d'une façon austère de casiers, cartons, pupitres, tabourets et autres accessoires, était occupée par une douzaine d'employés, à la tenue roide, à la physionomie digne et grave, qui, debout ou assis devant d'énormes registres, et la plume derrière l'oreille, compulsaient les dits registres, ou y inscrivaient quelques chiffres avec cet air de nonchalance ennuyée qui caractérise généralement les employés d'une maison qui se respecte.

Tout enfin, dans la maison Francklin et
Cie, depuis le garçon de bureau, en habit à
la française, qui se tenait dans l'anticham-
bre, jusqu'au chef de la maison lui-même,
M. Aristide Francklin, recevant les visiteurs
avec une politesse froide et laissant tomber
ses paroles empesées des profondeurs d'une
énorme cravatte, dans laquelle était enfouie
sa tête dont on n'apercevait guère que deux
yeux gris et perçants, et une chevelure
blond jaunâtre ; tout annonçait une de ces
maisons sérieuses qui veulent fonder leur

nom commercial sur des bases solides et calculées pour inspirer la confiance.

Toutefois, un observateur intelligent eût remarqué que la maison de commission Francklin et Cie, par une anomalie assez singulière, recevait fort peu de marchandises et cependant en expédiait une assez grande quantité, à Paris principalement.

Si ce même observateur eût poussé plus loin ses investigations, — mais, dans ce cas, l'investigation eût pu avoir pour lui des suites fâcheuses, — et que, pénétrant dans les bureaux, il eût indiscrètement ouvert les cartons et feuilleté les registres, il eût trouvé les uns parfaitement vides et les autres à peu près blancs.

Si, enfin, poussant l'indiscrétion à ses dernières limites, il eût prié MM. les employés de MM. Francklin et Cie, de vouloir bien ouvrir les revers amples de leurs habits et les poches profondes de leurs houppelandes, il eût trouvé un excellent poignard sous les uns et une paire de pistolets prêts à faire feu dans les autres, ustensiles assez inutiles,

on en conviendra, pour inscrire un borde-
reau ou régler un compte.

Mais jusque-là, aucun observateur ne
s'était avisé de ces recherches indiscrètes
ou n'avait osé s'y livrer.

Le lendemain de cette nuit où nous avons
vu Noireau échapper à la poursuite acharnée du capitaine Roland et des trois amis,
les quatre derniers étaient réunis dans le
cabinet particulier de M. Francklin.

Cette réunion était chose sérieuse pour
les trois jeunes gens ; ils se trouvaient dans

un de ces moments où une résolution décide
de toute une vie. Il s'agissait pour eux de
savoir, si, de contrebandiers purs et simples
qu'ils croyaient être, — un métier un peu
bien illicite il est vrai, exposant quelquefois aux balles des douaniers, mais enfin
n'emportant avec lui ni une grande répro-
bation, ni un châtiment bien rigoureux,
— si, de contrebandiers, ils voulaient devenir conspirateurs, et conspirateurs contre
la vie d'un homme devant qui tremblait
toute l'Europe.

C'était , tout bonnement , jouer leur tête.

Certes la chose valait bien la peine qu'on y réfléchît.

Après les paroles que Noireau avait jetées en fuyant, il n'avait plus été possible au soi-disant capitaine Roland de cacher plus longtemps son vrai nom et ses véritables projets. D'ailleurs, au point où en étaient arrivés ses préparatifs, il ne pouvait, ni ne voulait différer plus longtemps cette révélation à ces hommes dont il dési-

rait ardemment s'assurer le concours. Les
paroles de Noireau avaient donc tout au
plus hâté cette révélation de quelques
heures.

Dans le chemin de la maison du pêcheur
à Strasbourg, il leur avait tout dit.

Il leur avait dit pourquoi, tandis que le
gouvernement français le croyait à Londres, il était venu, là, à Strasbourg, fonder,
sous un nom d'emprunt, cette maison de
commission, afin d'avoir un centre d'action
à proximité de la frontière française ; il

leur avait dit pourquoi, sous.le nom de capitaine Roland, il s'était fait le chef de tous
les contrebandiers disséminés sur les deux
rives du Rhin, et les avait réunis dans
une organisation puissante et compacte,
pour se servir d'eux, sous prétexte de contrebande, comme émissaires entre lui et les
émigrés répandus sur la frontière.

Il avait ajouté que l'instant décisif approchait, où la conspiration, quittant le théâ-
tre où il était venu en rattacher tous les

fils, allait se transporter sur le terrain où elle

devait agir.

Il avait ajouté encore qu'il venait leur

demander franchement et loyalement de

s'associer à ses projets.

— Je vous connais, avait-il dit à France ;

le premier jour où je vous ai vu, j'ai lu sur

votre figure, dans votre œil, qui ne fuit

jamais le regard, la résolution énergique;

la franchise, la loyauté ; de ce jour, j'ai dé-

siré vous avoir pour auxiliaire dans mon

entreprise ; vous avez accepté mes proposi-

tions, vous êtes devenu mon second dans
mes opérations de contrebande ; je pouvais
vous laisser marcher en aveugle, jusqu'au
moment où, compromis avec moi, il vous
eût été en quelque sorte moralement impossible de m'abandonner. Je ne l'ai pas
voulu, et ce misérable n'eût-il pas crié mon
nom dans sa fuite, je n'en serais pas moins
venu à vous, vous disant : Monsieur France,
voici ce que je suis, voici ce que je tente,
voulez-vous le tenter avec moi ?

Et comme France allait répondre à ces paroles :

— Pas un mot maintenant, avait-il ajouté. Ce que je vous dis à vous, je le dis à vos amis... mais je ne veux, ni d'eux ni de vous, une réponse immédiate faite sans réflexion. Réfléchissez jusqu'à demain. Demain matin vous me direz ce que vous aurez résolu.

Le lendemain était venu, et Georges Cadoudal, adossé contre la cheminée, les bras croisés, attendait en silence une réponse à ses paroles de la veille.

France se promenait d'un bout à l'autre de la pièce ; ses sourcils étaient froncés, et toute sa figure exprimait une contrariété profonde.

Marcel, à demi étendu sur un canapé, avait au contraire une physionomie joyeuse et animée.

Quant à Ludwig, il paraissait fort calme et aucune trace d'émotion ne se montrait sur ses traits impassibles.

France, le premier prit la parole :

S'arrêtant devant Georges Cadoudal :

— J'ai réfléchi, dit-il, d'une voix grave, et je refuse...

— Vous refusez !... s'écria Georges.

— Je refuse !... Le parti que vous servez, n'est pas le mien, il n'a aucune de mes sympathies. Je suis Français comme vous, mais contrairement à vous, je vois dans l'homme contre lequel vous conspirez celui qui a sauvé la France de ses ennemis, — qui a fait plus, qui l'a sauvée d'elle-même, et qui seul est capable de la dominer. S'il ramasse une couronne que la faiblesse et l'ineptie ont laissé rouler dans la fange et dans le sang, s'il la prend et la pose sur sa tête, il fait bien, car il est déjà digne de commander à tous. Je veux la fortune, c'est vrai, mais jamais je ne l'achèterai en conspirant contre lui !...

Un silence de quelques instants suivit ces paroles.

— Ceci est votre résolution irrévocable ? demanda enfin Georges.

— Irrévocable !...

— C'est bien, et vous, messieurs? reprit Georges, s'adressant aux deux autres jeunes gens?

— J'accepte, dit Marcel avec une chaleur qui étonna le chef royaliste.

— Vous savez à quoi vous vous enga-gez!

— Parfaitement.

— Vous savez que si nous échouons c'est la mort?

— Je le sais, répondit Marcel, de la

même voix résolue, et je vous le dis encore:

J'accepte !...

France regarda le jeune homme avec un

sourire plein d'une bonhomie pour ainsi

dire paternelle; il savait pourquoi Marcel

se montrait si chaudement dévoué ; le nom

du comte de Rochefort, le père de Marie,

revenu plusieurs fois dans le récit que le

jeune homme avait fait la veille, le lui avait

suffisamment appris.

— Moi aussi j'accepte dit Ludwig.

France reprit son chapeau posé sur cette

table et tendit ses mains aux deux jeunes

gens.

— Nous allons nous quitter, amis, leur

dit-il sans essayer de dissimuler l'émotion

qui le gagnait. Chacun est libre de suivre

dans la vie la ligne qui lui paraît la meil-

leure. Toi, Marcel, tu te fais conspirateur

par amour ; toi, Ludwig, si je ne me trompe

pas, par le simple désir de faire fortune.

Que chacun de vous réussisse selon ses

vœux, mais quelque chose qui vous arrive,

restez toujours certains que je n'ai pas ou-

blié et que je n'oublierai pas notre an-
cienne devise : un pour tous, tous pour un.
De près, comme de loin, je veillerai sur
vous.

Georges Cadoudal, à son tour, tendit sa
main à France.

— Je crois que nous étions dignes tous
deux de nous comprendre, lui dit-il, j'espère encore que vous reviendrez à moi.

Le jeune homme fit un geste énergique
de dénégation.

— Jamais, dit-il.

Il adressa un dernier signe amical d'a-
dieu à ses deux amis et sortit du cabinet
d'un pas ferme.

Un assez long silence suivit son départ.
Marcel et Ludwig étaient tristes de cette
séparation ; le chef de chouans, qui se connaissait en hommes et qui avait apprécié
France à sa valeur, éprouvait, de le voir le
quitter au moment décisif, un vif désappoin-
tement.

— Allons, fit-il enfin, comme répondant
à ses propres pensées, contre une volonté

aussi nettement exprimée, il n'y avait aucune objection à opposer. Maintenant,
messieurs, dit-il aux deux amis, maintenant que vous êtes tout à fait des nôtres, il
me reste à vous faire connaître, dans leurs
détails, les plans auxquels vous devrez
obéir.

Cadoudal, après cet exorde, ouvrait la
bouche pour s'expliquer en entier lorsque
soudainement, un des commis calmes et
graves que nous avons vu figurer dans les
bureaux, se précipita dans le cabinet où

se traitaient des questions si étrangères au commerce.

Dans cet instant, la gravité et la dignité avaient été mises de côté, et la figure du survenant ne portait que les traces d'une extrême agitation.

— Général !... Général... cria-t-il.

— Qu'est-ce ? demanda Georges.

— La police !...

— Comment, la police ?

— Oui, général, nous sommes cernés, s'écria un autre commis apparaissant tout

effaré sur les talons du premier... des gendarmes occupent la cour et le jardin et me-
nacent d'enfoncer la porte...

En effet des pas lourds faisant sonner
des éperons retentissaient dans l'anticham-
bre, des crosses de fusil résonnaient sur
les dalles, et une voix impérative fit entendre bientôt la sommation consacrée :

— Ouvrez, au nom de la loi !...

A ces paroles, succéda un silence de
quelques moments, puis la sommation fut
répétée une seconde et une troisième fois.

Tout le personnel de la maison Franklin

et Cie, était alors réuni autour de son chef;

les plumes avaient été jetées de côté, et les

mains serraient les pommeaux des pistolets

ou carressaient le manche des poignards.

Georges n'avait qu'à faire un signe, et

ces hommes, tous Bretons qui avaient suivi

leur chef, des landes de la Vendée en Alle-

magne, se seraient fait tuer jusqu'au der-

nier pour protéger sa retraite...

Mais sa figure resta impassible, un sou-

rire railleur plissa seulement ses lèvres.

— Silence! dit-il d'une voix basse et distincte, en se dirigeant vers une large et haute bibliothèque occupant un des angles du cabinet.

Arrivé là, il enleva un livre de son rayon et appuyant la main à la place qu'occupait ce livre, fit tourner lentement sur elle-même la massive bibliothèque, puis il posa le doigt sur un point de la boiserie; le panneau joua aussitôt, et découvrit l'entrée d'un couloir.

— Passez, messieurs ! dit Georges en s'écartant...

Tous les conspirateurs disparurent par l'ouverture...

Cadoudal, resté derrière eux, saisit une plume, traça rapidement quelques lignes sur une feuille de papier qu'il plaça en évidence sur le bureau, et s'engagea à son tour dans le couloir de la muraille, attirant à lui panneau et bibliothèque qui reprirent leur place habituelle.

Au même moment, la porte du premier

bureau volait en éclats sous les coups furieux des crosses de fusil, et une troupe
de gendarmes et d'agents de la police s'y
précipitaient.

A leur tête était un commissaire et un
autre individu...

Cet autre individu était Noireau...

D'un coup d'œil, il sonda les bureaux...

Ils étaient vides.

Il s'élança dans le cabinet...

Personne !...

Sur la table de M. Franklin était une

feuille de papier tout ouverte ; quelques lignes venaient d'y être tracées il y avait peu de temps, ainsi que l'attestait l'encre encore humide.

Noireau s'en empara et après avoir lu rapidement, la déchira avec rage...

Voici ce que disaient ces lignes :

« MM. Aristide Franklin et Cie ont l'honneur de vous faire savoir, qu'à partir de ce jour, ils laissent leurs affaires.

Monseigneur le ministre de la police est chargé de la liquidation. »

CHAPITRE DIX-HUITIÈME

XVIII

Les honnêtes projets de Jérémie

On se rappelle que Noireau, pour ne
pas risquer d'être trahi dans le secret de
son voyage, avait, en quittant la maison

de Brœmmer à Manheim, confié jusqu'au lendemain matin, à la garde Séraphin, l'oncle Abraham et le neveu Jérémie.

Séraphin n'avait rien dans sa personne de bien terrible et l'agent supérieur de Fouché avait, avec raison, compté bien plus sur la lâcheté des deux juifs que sur le courage de son subalterne.

Il n'était pas en effet éloigné de cinq cents pas que Séraphin, fatigué des nombreuses courses auxquelles il s'était livré dans la soirée, se laissait aller, à demi endormi, sur une chaise en disant à l'oncle et au neveu :

— Ah çà ! vous autres, pas de mauvaises niches ! J'ai besoin de faire un somme, mais je ne dors jamais que d'un œil. Au premier mouvement que vous ferez pour sortir d'ici, je tire sur vous comme sur deux lapins.

L'intention des deux juifs ainsi menacés n'était sans doute pas de s'exposer aux effets de cette menace et, quant à Abraham, il lui était assez indifférent que Séraphin s'endormît ou ne s'endormît pas, mais sur ce dernier point, Jérémie avait d'autres

idées que celles de son oncle.

— Dormez si vous voulez, monsieur

Séraphin, dit-il ; seulement il m'est avis

que nous aurions mieux à faire que de dor-

mir. L'oncle Abraham a quelque part, au

fond de sa cave, une douzaine de vieilles

bouteilles de Johannisberg qu'il serait, j'en

suis sûr, enchanté de vous offrir, si vous

consentiez à le laisser les aller chercher.

Au nom du célèbre vin du Rhin, la face

toujours enluminée du digne Séraphin s'épanouit visiblement, et les traces du som-

meil qui venait en disparurent comme par

enchantement.

— Le vin de Johannisberg est un riche

vin, répliqua-t-il, et du moment que l'on

peut s'en procurer sans sortir de la mai-

son, je ne vois aucun inconvénient à en

boire un verre.

Abraham avait fait une laide grimace à

la proposition de son neveu.

— Ne vous désolez pas, mon oncle, dit

celui-ci qui avait parfaitement deviné le

motif de cette pantomime, on vous le paiera, votre vin. C'est moi qui l'ai offert, c'est moi qui le paie.

Il laissa tomber sur la table une douzaine de florins qu'Abraham ramassa avidement.

— As-tu donc assassiné quelqu'un ce soir, que tu aies autant de florins en poche? dit-il.

Jérémie lui jeta un regard de colère et répliqua :

— Si j'avais assassiné quelqu'un, je serais plus riche que je ne le suis. Vous de-

vez en savoir quelque chose, mon oncle.

Mais on ne fait que ce qu'on peut faire.

Les trois ou quatre florins que je possède

et qui, vous le voyez, passent de ma poche

dans la vôtre, loin d'être le prix d'un as-

sassinat, sont le salaire que j'ai gagné de

mes oncles Job et Moïse, vos deux frères,

en vous empêchant de les assassiner, ce

que vous finirez par faire un jour que je ne

serai pas là.

Abraham ne répondit à cette violente

apostrophe que par un geste de menace
qui fit éclater de rire Jérémie, et qui fit
pâlir Séraphin.

— Vous êtes tous les deux d'infâmes scé-
lérats, dit ce dernier, et je ne désespère pas
de vous voir, un de ces matins, pendus selon vos mérites, mais en attendant, comme
je ne suis pour rien là-dedans, remettez
au moment où vous serez seuls vos petites
discussions de famille, et puisque vous
avez parlé de Johannisberg, allez-en chercher promptement ou laissez-moi dormir.

Abraham alluma une lanterne, souleva la trappe d'une cave et commença de descendre les degrés de l'escalier.

Jérémie n'attendait que cet instant. D'un bond il fut près de Séraphin et se penchant vers lui, il lui dit à voix basse :

— J'ai à vous parler. Faisons boire Abraham. Dès qu'il sera ivre, nous causerons. Il y va pour vous d'une bonne somme.

On a beau être agent de police, être dévoué à ses fonctions et aimer le vin plus que personne, on est toujours sensible à

la perspective d'empocher une somme
quelconque, et surtout une bonne somme.
Séraphin dressa lestement l'oreille aux
douces paroles de Jérémie, et allait lui
donner l'assurance sincère qu'il ferait boire
Abraham et boirait autant que lui pour lui
prêcher d'exemple, mais à la vue du vieux
juif reparaissant au niveau de la trappe,
il se contenta de clignoter de son œil lar-
moyant d'une façon significative et, entrant
aussitôt dans l'esprit de son rôle, il em-
poigna une des bouteilles à long goulot que

portait Abraham, en fit sauter le bouchon et versa rasade dans les trois verres placés devant lui.

La partie aussi franchement engagée se noua rapidement, et les trois hommes bu-rent à qui mieux mieux. Le Johannisberg était bon, mais étrangement capiteux ; ses effets ne tardèrent pas à se faire sentir. Au bout d'un quart d'heure l'un des convives était tout à fait ivre, seulement ce n'était pas Abraham, comme Jérémie en avait ma-nifesté l'espoir ; c'était le pauvre Séraphin.

Jérémie, lui, qui avait voulu enivrer les autres, venait le second dans l'ordre des ivrognes, et s'il n'en était pas arrivé tout à fait au point de Séraphin, il n'en était guère éloigné. Sa langue était déjà bien lourde, et le peu de paroles qu'il pouvait prononcer commençaient à n'avoir plus ni rime ni raison. Abraham, seul, avait tout son sang-froid. Son palais et sa tête, habitués au feu dévorant de l'alcool, étaient depuis longtemps à l'épreuve des légères vapeurs du vin.

Certes, si l'un ou l'autre des deux juifs avait eu l'idée d'échapper à la vigilance de l'agent de Noireau, cela leur eût été alors plus que facile, mais telle n'était sans doute pas leur préoccupation du moment. Jérémie ne semblait plus être capable que d'une chose, boire et encore boire. Quant à Abraham, il ne regardait pas seulement du côté de Séraphin à demi endormi sur sa chaise. La vue de son neveu devenu son maître, grâce au secret de cette nuit terrible qu'il avait surpris, il ne savait com-

ment, et dont il se servait depuis si longtemps comme d'un épouvantail pour le
courber sous sa loi et le soumettre à ses
volontés, la vue de son neveu abruti par
l'ivresse, sans raison pour prévoir une attaque, sans force pour la repousser, paraissait avoir fait surgir tout à coup, au
fond de son esprit, une pensée sinistre qui
n'attendait qu'un instant favorable pour se
faire jour. De moment en moment ses
yeux se portaient, comme s'il eussent été
attirés de ce côté par quelque fluide ma-

gnétique, vers une énorme barre de fer

posée près de lui dans un coin, et qui ser-

vait d'habitude à barrer la porte en dedans.

On eût dit qu'il calculait d'avance les moyens

de se saisir de cette barre de fer sans être

remarqué, et, dans ses yeux couverts, in-

jectés de sang, au fond de son regard som-

bre, il était aisé de deviner à quel affreux

usage il la destinait.

— Mon oncle, dit Jérémie qui souleva

un instant de dessus la table sa tête alour-

die, est-ce que vous n'avez plus soif, vous?
J'ai encore soif, moi, toujours soif.

Abraham dont la main, doucement éten-
due, touchait presque la barre de fer, se
rapprocha vivement de son neveu.

— Il n'y a plus de vin, dit-il.

— Bah! fit Jérémie. Fouillez un peu
dans ma poche, bonhomme, car j'ai les
membres si roides que je ne saurais re-
muer, et voyez si vous n'y trouvez pas encore quelques florins.

Le vieux juif fourra sa main dans la po-

che du jeune homme, en gratta toutes les
surfaces du bout de ses ongles crochus et
en ramena tout ce qu'elle contenait.

— Il y a bien là encore de quoi payer
deux ou trois bouteilles, dit-il; attends un
peu. Je vais aller te chercher à boire.

Il regarda un moment Jérémie en des-
sous et ajouta :

— Tu n'as pas assez bu, c'est vrai.

Il reprit sa lanterne, souleva de nouveau
la trappe et descendit dans la cave.

Le brave Séraphin, paisiblement en-

dormi sur un coin de la table, n'avait pas
entendu un mot de tout cela et voyageait
dans le pays des songes affecté aux ivrognes.

Jérémie, lui aussi, stupidement absorbé
dans la contemplation de quelques gouttes
de vin restant au fond de son verre, n'a-
vait rien vu des mouvements d'Abraham.

Cependant la tête barbue du vieux juif
venait à peine de disparaître dans la pro-
fondeur de la cave, que, se redressant avec

vivacité, il s'élança vers la trappe, la ra-
battit violemment et, déployant soudain
une vigueur qui suffisait seule pour donner
un démenti formel à ses apparences d'i-
vresse, il roula dessus deux ou trois des
plus gros meubles qu'il trouva à sa portée.

Cela fait, il revint à Séraphin et lui
frappa sur l'épaule.

— Causons maintenant, lui dit-il.

Séraphin, désagréablement réveillé en
sursaut, se frotta les yeux et, regardant

autour de lui, remarqua l'absence d'Abra-

ham.

— Où est le vieux ? demanda-t-il avec

menace.

— Soyez sans crainte, repartit Jérémie,

il n'est pas hors de la maison ; vous ne

tarderez pas à l'entendre crier. Il est dans

la cave et n'en sortira que quand je le vou-

drai. Faisons nos petites affaires.

— Quelles affaires ?

— Les miennes et les vôtres. Elles se

tiennent. Vous allez voir. Je vous ai parlé

d'une bonne somme; qu'est-ce que vous diriez d'un millier de florins ?

— Ça fait quelque chose comme cent louis de France, riposta Séraphin tout à fait dégrisé. Bigre ! fit-il. Et quelle gredinerie me faudra-t-il commettre pour gagner ces cent louis?

— Pour qui me prenez-vous? s'écria Jérémie scandalisé d'une pareille supposition. Il ne s'agit que de jouer une petite comédie dont le dénouement est tout ce qu'il y a de plus moral, puisqu'il finira par un mariage.

— Pas pour moi, toujours ? fit Séraphin riant d'un gros rire aviné.

— Non, pas pour vous, pour moi.

— Ça vous regarde alors, dit Séraphin avec indifférence.

A ce moment en entendit au fond de la salle le bruit des efforts que faisait Abraham pour soulever la trappe.

— Jérémie ! criait le vieux juif ; misérable ! vas-tu me laisser mourir là ?

— Ce n'est rien, c'est le vieux qui crie.

Je vous avais prévenu, dit Jérémie, n'y

faites pas attention, et terminons prompte-

ment. En votre qualité d'agent de la police

française, pouvez-vous faire entrer à Stras-

bourg, sans qu'on n'y prenne garde, une

jeune fille avec vous?

— Certainement, répondit Séraphin. La

police ordinaire a l'ordre de ne jamais

s'occuper de nos affaires.

— Très-bien, fit Jérémie visiblement satisfait. Maintenant, quand comptez-vous rentrer en France?

— Vous avez entendu M. Noireau me donner l'ordre d'aller le rejoindre demain à Strasbourg, répondit Séraphin.

— Demain, c'est trop tôt. Il faut que vous ne rentriez à Strasbourg qu'après demain.

— Impossible. M. Noireau se fâcherait.

— Vous vous excuserez comme vous pourrez. Vous lui direz que avez été ma-

lade ici deux jours. Enfin, dit Jérémie, ar-
rangez-vous, si vous voulez gagner vos cent
louis.

Séraphin se gratta énergiquement l'o-
reille. C'était chez lui le signe caractéristi-
que d'une grande perplexité. D'un côté il
supputait voluptueusement le nombre in-
défini de vieilles bouteilles de bon vin que
cent louis pourraient lui procurer.; de l'autre, il se représentait avec effroi la colère
et les reproches mérités de son chef.

— Au moins, dit-il enfin, si je pouvais

faire prévenir M. Noireau que je suis malade et incapable de le rejoindre tout de suite.

— Bon, fit Jérémie, je m'en charge. Il vaut même mieux que je ne me trouve pas ici lorsque vous agirez. Aussitôt qu'il fera jour, aussitôt que je vous aurai préparé les voies, je partirai pour Strasbourg. A présent, écoutez bien. Il y a ici, dans cette maison, une jeune fille que je dois épouser et qui ne veut pas de moi parce qu'elle veut d'un autre. Cet autre, je le connais,

et il me passera par les mains tôt ou tard,
mais le moment n'en est pas encore venu.
Nous allons sortir ensemble et je vais vous
mener dans une auberge où vous resterez
sans bouger jusqu'à après-demain. La cave
est bonne et vous pourrez y puiser à l'aise.
Après-demain vous reviendrez ici et vous
monterez près de cette jeune fille. Vous l'ap-
pellerez par son nom, Sarah, vous lui direz
que vous venez la chercher de la part de
celui qu'elle aime, Ludwig Mayer, qui vous
a chargé de la conduire à lui, et vous la

conduirez à Strasbourg où je vous attendrai. Comprenez-vous ?

— Très-bien, dit Séraphin. Il n'y a que
cela à faire pour gagner cent louis ?

— Pas davantage.

— Mais si elle refuse de me suivre ?

— Elle ne refusera pas.

— Alors c'est affaire faite. A moins
cependant, objecta de nouveau Séraphin,
que le vieux Abraham, qui me connaît, ne
se mette en travers de la chose.

— Soyez sans inquiétude, répliqua Jérémie en riant. Mon oncle est dans sa cave et ne peut en sortir. Comme il n'y trouvera rien à manger, il se contentera de boire. Après-demain, lorsque vous enlèverez Sarah, il sera tellement ivre que si on lui ouvrait la trappe, il ne pourrait pas la franchir.

— Vous allez donc le laisser là deux jours?

— Parbleu! fit Jérémie. Et plus long-temps encore probablement, ajouta-t-il entre ses dents. Il faudra voir.

La voix furieuse du vieux juif retentissait encore dans les profondeurs de la cave, appelant sur la tête de son digne neveu toutes les malédictions du Dieu des juifs, lorsque Séraphin et Jérémie, bras-dessus, bras-dessous, quittèrent la maison de la Jüdengasse.

Le jour allait venir.

CHAPITRE DIX-NEUVIÈME

XIX

Le château d'Ettenheim.

A quelques lieues d'Ettenheim, petite
ville du grand-duché de Bade, sur les pre-
mières pentes des collines de la Forêt-
Noire, s'élevait une vaste habitation d'ap-

parence seigneuriale, propriété de la famille de Rohan.

C'était le château d'Ettenheim.

Dans l'après-midi de ce même jour, un
homme se tenait debout, le coude appuyé
sur la tablette de marbre blanc de la
cheminée d'un petit salon de cette habitation.

Cet homme, qui pouvait avoir une cin-
quantaine d'années, était un bel homme,
au point de vue d'une Anglaise. Il était
grand, gros, chauve, roide, gourmé dans

sa cravate comme si elle eût été faite de fer blanc, et portait une paire de favoris d'un superbe rouge ardent, taillés avec autant de symétrie que les bordures de buis d'un parterre soigné.

C'était un Anglais superbe.

Il avait nom : sir John. Peut-être avait-il encore quelqu'autre nom, mais celui-ci devait-être inconnu, du moins pour la plupart.

Peu de gens le voyaient. Hôte de la famille de Rohan, depuis un mois environ, il vivait au château d'une vie en apparence fort-tranquille et se livrait principalement aux plaisirs de la chasse, plaisir qu'il trouvait amplement à satisfaire dans les giboyeux cantons de la Forêt-Noire.

Mais, en réalité, cette occupation fort innocente ne servait qu'à dissimuler des menées beaucoup plus graves et surtout beaucoup moins innocentes. On savait, et le fait était vrai, que sir John trouvait assez souvent, le temps de faire à Strasbourg, plus loin même, des excursions plus ou

moins longues ; on savait qu'indépen-
damment de ces excursions dont le but
était un mystère, il entretenait des rap-
ports continus avec les agents anglais acré-
dités près des petites cours dont les États
avoisinaient la France et, d'une part, avec
les émigrés qui circulaient nécessairement
de Londres à Etteinheim et d'Ettenheim à
Londres, de l'autre, avec un certain nombre de gentilshommes nouvellement arrivés
de Bretagne. Le comte de Rochefort, avec
lequel nous avons fait connaissance sur les

lords du Rhin, dans la petite maison qu'il habitait près d'Heidelberg, était un des plus actif des premiers ; Georges Cadoudal caché sous le nom du capitaine Roland, était le chef avéré des autres.

Les méditations de sir John furent subitement interrompues par un léger bruit qui se fit entendre à l'une des portes du salon.

Derrière la portière de velours, une main que le respect rendait timide, grattait doucement le panneau.

— Entrez, dit sir John de sa voix guttturale.

La portière s'écarta et le plus grotesque personnage que l'on puisse imaginer apparut sur le seuil du salon.

Qne l'on se figure un petit homme d'une maigreur excessive, dont les membres étriquées dansaient dans un habit de cour chamarré d'or, et dont les jambes étiques, semblables à deux fuseaux articulés, flageollaient au centre de bas de soie à jour et d'une culotte collante. Sa figure en

casse-noisette, ridée comme un vieux par-
chemin, se terminait par une longue tête
coiffée en ailes de pigeon et affectant la
forme d'une poire dont la queue est tour-
née en l'air.

Il portait en sautoir le cordon de Saint-
Louis, et une clef, la clef de chambellan,
suspendue à une chaîne d'argent, pendant
entre ses deux épaules.

Ce ridicule individu remplissait auprès
de la duchesse de Rohan les hautes fonc-

tions de chambellan, et répondait au nom et au titre de marquis de Thumery.

C'était un de ces émigrés à cervelle étroite comme il s'en trouvait un si grand nombre au sein de la fameuse armée de Condé.

Il fit un pas, le corps ployé en deux, présentant le sommet de son crâne en avant, dans une attitude plus que respectueuse.

— Qu'y a-t-il? demanda sir John.

Le marquis de Thumery fit une nouvelle

révérence qui se termina par un salut plus profond encore que le premier, ce qui l'amena à présenter sa maigre échine au lieu et place de son crâne, et répondit du bout de ses longues dents :

— J'ai l'honneur de prévenir Son Excellence que la réunion est au complet et n'attend plus que sa présence pour ouvrir la délibération.

— Je vous suis, dit sir John.

Le marquis recommença ses exercices d'acrobate de cour, seulement, cette fois, sa révérence, au lieu de se terminer par un salut, finit en pirouette, à l'issue de laquelle, obéissant à un signe de l'Anglais, il prit les devants pour ouvrir à son approche les portières fermées.

Quelques instants après, il faisait son entrée dans une grande salle et annonçait de sa plus éclatante voix :

— Messieurs, Son Excellence, sir John !

Dans cette salle, meublée simplement, étaient réunis une vingtaine d'hommes

de différents âges et de physionomies diverses.

Sur les figures effacées des uns, dans
leurs traits fins et réguliers, leurs façons
contenues et polies, se reconnaissaient les
indices d'une naissance noble.

Chez les autres, au contraire, des traits
mâles et énergiquement prononcés, des
extrémités moins délicates, moins fines d'at-
tache, mais qui n'en paraissaient que plus
capables de manier un lourd mousquet ou
une hache d'abordage, une voix plus rauque

et moins habituée aux précautions oratoires,

trahissaient les rudes enfants de la vieille

Armorique, sortis des rangs du peuple,

et que le fanatisme religieux, habilement

exploité par le parti royaliste, avait su con-

vertir en défenseurs indomptables des prin-

cipes au nom desquels ils avaient été si

longtemps écrasés, jusqu'au jour de la

grande émancipation de 1789.

Ceux-ci se groupaient autour de Georges

Cadoudal.

Les premiers étaient rangés aux côtés du comte de Rochefort.

Tous étaient réunis là pour discuter et arrêter le mode d'exécution du complot dont l'infatigable chef de chouans était venu préparer les bases jusque sur les bords du Rhin ; mais bien que tous fussent animés du même sentiment contre la France et le gouvernement qu'elle s'était donné, tous n'étaient cependant pas d'accord et ils n'avaient pas attendu l'arrivée de leur chef pour commencer la discussion ; cette discussion menaçait même de dégénérer en violentes récriminations, lorsque le marquis de Thumery parut annonçant l'Anglais.

Sir John salua les assistants du geste, et prit place sur un fauteuil devant la table.

— Monsieur le comte, dit-il en s'adressant au comte de Rochefort, et en lui désignant un siége à sa gauche, veuillez nous dire quel a été le résultat de vos délibérations à Londres ? Asseyez-vous, messieurs.

— Le résultat de nos délibérations, monseigneur, répondit le comte de Rochefort,
peut se résumer ainsi : Insurger la Vendée
ne nous offre plus que des chances incer-
taines, attaquer, au milieu de Paris même,
le gouvernement, nous semble au contraire
le moyen le plus prompt et le plus sûr d'arriver au but. N'est-ce pas votre avis, messieurs ? ajouta le comte se tournant vers les
gentilshommes, qui répondirent tous par
un geste d'assentiment.

— Est-ce aussi votre opinion, messieurs ?

demanda sir John aux Bretons ; est-ce aussi la vôtre, général ?

— Moi et mes amis, nous sommes parfaitement d'accord sur ce point, que, du reste, je croyais si bien éclairé, qu'il me paraissait à peu près inutile d'y revenir, répondit Cadoudal ; mais la question principale est celle de l'exécution, et je crois que, sur ce chapitre, M. le comte et ses amis n'ont pas la même manière de voir que moi et les miens.

— Expliquez-vous, général ?

— Soit : M. le comte de Rochefort et ces messieurs ne reculent devant aucun moyen pour arriver au but que nous nous proposons, et voilà en quoi nous différons. J'ai été jusqu'à présent un soldat, je ne deviendrai jamais un assassin !

Tous les gentilhommes se levèrent à ces mots :

— Monsieur Georges Cadoudal !.... s'écria le comte avec éclat.

— Je ne deviendrai jamais un assassin, répéta le chef de chouans, promenant son

regard étincelant sur l'assemblée, mes
compagnons pas plus que moi...

— Jamais ! s'écrièrent les Bretons d'une,
seule voix.

— Messieurs, dit sir John, dominant le
tumulte, rappelez-vous quelle cause vous
servez les uns et les autres, et ne favorisez
pas nos ennemis par de vaines querelles
entre vous... Général, expliquez-vos paroles et dites vos projets.

— Ils sont d'une grande simplicité ; les
voici : réunir à Paris, ou aux environs, un

certain nombre d'hommes déterminés, as-
saillir la voiture du chef actuel du gouvernement, attaquer à nombre égal sa garde,
la vaincre ou la disperser, et s'emparer de
sa personne.

Ce n'est plus un assassinat, cela. C'est
un combat, un duel, dans lequel, soit que
nous soyons vainqueurs, soit que nous
soyons vaincus, on ne pourra nous repro-
cher ni trahison, ni félonie.

— J'approuve ce plan, dit l'Anglais froidement, aussitôt que Georges eut fini, je

l'approuve complètement et n'en veux pas
d'autre, vous entendez, messieurs ? ajouta-
t-il, s'adressant au reste de l'assemblée, et
j'espère que, quels qu'aient été vos désac-
cords jusqu'alors, vous n'hésiterez pas, tous
tant que vous êtes, à lui donner votre ap-
probation et votre concours.

— Nous devons, avant tout, obéïr aux
désirs de Votre Excellence, dit le comte de
Rochefort ; toutefois, je lui demanderai la
permission de faire obeerver à M. Cadoudal
que, pour l'exécution de son plan, il faut un

nombre d'hommes assez considérable, et d'une discrétion et d'un courage à toute épreuve ; monsieur Cadoudal a-t-il songé à tout cela ?

— J'ai songé à tout, monsieur de Rochefort, répliqua Georges sèchement ; mes mesures sont prises ; outre les compagnons que vous voyez ici avec moi, et sur lesquels je puis compter comme sur moi-même, j'ai déjà ce qu'il me faut d'hommes braves et dévoués pour m'accompagner à Paris.

— C'est bien, dit sir John toujours avec

son même flegme. Voilà pour le moment tout ce que je voulais savoir. Notre réunion est terminée aujourd'hui. Nous nous reverrons demain à la chasse que nous offre Son Altesse le grand-duc de Bade.

Chacun des assistants, solennellement reconduit par le révérencieux marquis de Thomery, prit congé de sir John, et celui-ci allait lui même se retirer lorsqu'il vit s'avancer vers lui Georges Cadoudal, d'un côté, et le comte de Rochefort, de l'autre.

— Je voudrais obtenir de Son Excellence quelques instants d'audience, dit Cadoudal.

— J'allais exprimer le même désir à Son Excellence, dit le comte.

— Lequel de vous dois-je écouter le premier ? demanda sir John.

— M. Cadoudal peut entendre tout ce que j'ai à communiquer à Votre Excellence, dit le comte.

— M. le comte peut également entendre tout ce que j'ai à dire, ajouta Cadoudal.

— Je suis à vous alors, messieurs, dit sir
John.

Il leur désigna un siége du geste et s'as-
sit entr'eux deux.

CHAPITRE VINGTIÈME.

XX

Une déclaration de guerre.

Lorsque le respectable chef de la maison Francklin et Cᵉ, pressé par la descente inopinée, dans ses bureaux, de la police de

Strasbourg, avait été forcé de liquider pré-
cipitamment les comptes définitifs de la
maison, il s'était, on se le rappelle, échappé
avec ses commis, redevenus des volontai-
res bretons, par une des issues secrètes
pratiquées dans son cabinet et avait gagné
les caves. Marcel et Ludwig l'accompagnaient.

On sait que France, repoussant toute par-
ticipation aux projets maintenant avérés du
conspirateur breton, avait déjà, depuis

quelques instants, fait ses adieux à ses deux

amis et quitté la maison.

Après une course souterraine de peu de

durée, Cadoudal et ses hommes s'étaient

trouvés sains et saufs dans une rue écartée

de la ville, et là s'étaient séparés. Tous de-

vaient sortir de Strasbourg pour se rendre

à Ettenheim, et il était plus prudent, en vue

des soupçons que pouvaient faire naître une

douzaine d'individus marchant ensemble,

de franchir les portes de la ville par grou-

pes séparés et peu nombreux.

Aussitôt que Cadoudal et Marcel furent seuls, tous deux s'aperçurent, en même temps, de l'absence de Ludwig. Ludwig n'était plus avec eux.

L'inquiétude, une inquiétude bien naturelle, s'empara de Marcel, mais Cadoudal ne tarda pas à le rassurer. Il était certain que Ludwig s'était échappé en même temps qu'eux tous du cabinet de la maison Franck-klin, puisque lui, Cadoudal, y était resté le dernier et avait lui-même refermé la porte secrète qui leur avait livré passage. Or,

cette porte était si habilement dissimulée
qu'il n'y avait pas à craindre que la police
la découvrit de longtemps, et parvint à pénétrer dans les caves ; d'un autre côté, les
caves ayant à l'extérieur plusieurs issues,
il ne pouvait y avoir lieu de supposer qu'une
chose, c'est que Ludwig ayant, dans le par-
cours souterrain qu'ils avaient fait, perdu
ses compagnons, avait suivi une autre voie
et était sorti par une autre issue. Dans aucun cas, il ne pouvait courir de dangers.

Marcel se rendit sans difficulté à ces rai-

sons et, convaincu qu'à son retour à Strasbourg, le surlendemain, il trouverait Ludwig
au domicile de leur ami commun France,
il suivit son nouveau chef hors de la ville,
dans la direction d'Ettenheim.

De Strasbourg à Ettenheim, en suivant
la route de Rastadt, la distance est peu
considérable. Mais Cadoudal avait sans
doute ses raisons de préférer un chemin
moins direct et moins fréquenté, car les
deux voyageurs descendirent la rive du
Rhin.

Durant un assez long temps, leur marche fut silencieuse. Chacun d'eux pensait à part lui.

Nous ne chercherons pas à soulever le voile qui recouvrait les pensées secrètes du partisan breton ; elles appartiennent à l'histoire. Celles de Marcel appartiennent à notre sujet et nous avons le droit de les connaître.

Marcel, est-il besoin de le dire, pensait à Marie de Rochefort, et les rêves qu'il faisait tout éveillé, étaient filés d'or et de soie.

A son sens, le service qu'il avait rendu la
veille au soir, au comte de Rochefort, en se
jetant entre lui et Noireau, et en l'aidant à
s'emparer de l'agent de la police française,
devait l'avoir sensiblement relevé dans l'estime du père de Marie ; son initiation aux
secrets du parti qu'il servait, sa position
près de Cadoudal devaient achever de lui
gagner à jamais les sympathies du vieil
émigré. Quant à l'obstacle principal qui
l'avait jusque-là éloigné de Marie, sa pau-
vreté, d'un côté, et, de l'autre, les exigen-

ces rapaces du comte, il le voyait absolument détruit par sa certitude de faire promptement fortune sous le patronage et avec
l'aide du large dispensateur, en Allemagne,
de l'argent du gouvernement anglais. La
fuite de Noireau, qui pouvait, à tout prendre, être justement attribuée à sa négli-
gence, venait bien de temps à autre faire
ombre au tableau, mais, dans son opti-
misme amoureux, le jeune homme n'accor-
dait pas à cette fuite une grande impor-

tance et se voyait déjà, en imagination, l'heureux époux de celle qu'il aimait.

Cadoudal avait la prétention de se connaître en hommes, et pour arriver à bien juger ceux qu'il lui fallait employer, il ne négligeait rien.

En remarquant le mutisme obstiné de son nouvel aide de camp, en le voyant ainsi absorbé dans des réflexions profondes et graves, il eut la curiosité de savoir le motif de ces réflexions et, avec sa brusque franchise, il le demanda ouvertement.

Le jeune homme ne se fit pas prier et lui raconta tout, et il est plus facile de se faire une idée de sa joie que de la dépeindre, lorsqu'il entendit le puissant et redoutable Cadoudal lui dire, dans son langage énergique et concis, après l'avoir attentivement écouté :

— Le comte de Rochefort est avare, orgueilleux et sot. Seul, vous n'en obtiendrez rien. Si j'essaie de vous aider, je n'en obtiendrai pas davantage, car il me jalouse et me hait. Mais il est une personne à qui

il n'osera rien refuser et qui, en ce moment,
ne peut, à moi, rien me refuser ; c'est le
délégué principal des émigrés de Londres,
sir John, près de qui nous nous rendons. Je
me charge de lui faire demander pour vous,
par sir John, la main de sa fille.

Ce fut sur cette dernière parole que les
deux voyageurs arrivèrent au château d'Ettenheim.

Cadoudal, pressé de se rendre à la réunion que devait présider sir John, et à
laquelle Marcel ne pouvait assister, laissa

le jeune homme dans un salon d'attente en

lui recommandant de ne pas le quitter sans

l'avoir revu, et se fit conduire au lieu de

la réunion.

FIN DU DEUXIÈME VOLUME

TABLE

AVIS AUX PERSONNES QUI VEULENT MONTER UN CABINET DE LECTURE.

BIBLIOTHÈQUE

DES

MEILLEURS ROMANS MODERNES

2,100 vol. environ, format in-8°. — Prix : 2,500 fr.

Cette collection contient les NOUVEAUTÉS de nos auteurs, les plus en vogue publiées jusqu'à ce jour par la maison, lesquelles sont accompagnées d'affiches à gravures et autres.

Les Libraires qui feront cette acquisition recevront **GRATIS**, *cent exemplaires du Catalogue complet et détaillé, avec une couverture imprimée à leur nom* pour être distribués à leurs abonnés.

La Maison traite de gré à gré pour un nombre moins considérable de volumes à des conditions très-avantageuses.

Le prix de chaque ouvrage, pris séparément, est de *cinq francs* net le volume.

Grandes facilités de payement moyennant les renseignements d'usage. Le Catalogue se distribue gratis aux personnes qui en feront la demande par lettres affranchies.

Wassy. — Imprimerie de Mougin-Dallemagne.

www.ingramcontent.com/pod-product-compliance
Lightning Source LLC
Chambersburg PA
CBHW070203030726
47505CB00006B/1563